이계
CASTLE OF 마왕성
ANOTHER WORLD

이계마왕성 8

강한이 장편 소설

초판 1쇄 찍은 날 § 2014년 2월 25일
초판 1쇄 펴낸 날 § 2014년 3월 6일

지은이 § 강한이
펴낸이 § 서경석

편집부장 § 권태완
편집책임 § 이효남

펴낸곳 § 도서출판 청어람
등록번호 § 제1081-1-89호
등록일자 § 1999. 5. 31
어람번호 § 제1-1798호

주소 § 경기도 부천시 원미구 부일로 483번길 40 서경B/D 3F (우) 420-822
전화 § 032-656-4452 팩스 § 032-656-4453
http://www.chungeoram.com
E-mail § chungeorambook@daum.net

ⓒ 강한이, 2012

ISBN 979-11-5681-912-7 04810
ISBN 978-89-251-2913-6 (세트)

※ 파본은 구입하신 서점에서 교환하여 드립니다.
※ 저자와 협의하여 인지를 붙이지 않습니다.
※ 이 책은 도서출판 청어람과 저작자의 계약에 의해 출판된 것이므로,
  무단 전재 및 유포·공유를 금합니다.

Castle of Another World 8
FUSION FANTASTIC STORY

강한이 장편 소설

이계 마왕성

목 차

1장 이채빈, 연호제 VS 루이제   7

2장 혈화동   63

3장 황영   95

4장 신념   139

5장 다르게 살기   191

6장 드로제의 용광로   227

7장 황도십이류   273

화보부록   297

제1장
이채빈, 연호제 VS 루이제

이계
마왕성

〈현 마왕성 개발 현황:개요〉
―마왕성(Lv.5)
―던전관리소(Lv.4)
―공작소(Lv.3)
―의뢰소(Lv.1)
―정령계약소(Lv.1)
―속성학습실(Lv.1)
―크리쳐관리실(Lv.2)
―속성수련실(Lv.1)

―환전소(Lv.1)

거대한 외날도끼가 폭풍을 일으켰다.
휘날리는 붉은 머리칼.
신랄한 빛으로 번득이는 두 눈.
대공 루이제가 도끼를 치켜들고 돌진해 올 때 채빈은 본능적으로 느꼈다.
어쩌면 이 싸움, 자칫하다가는 생전 마지막 시간이 될지도 모른다.
"조심해!"
연호제의 외침이 들려오지도 않았다.
어느새 루이제의 거대한 도끼가 예측을 불허하는 속도로 채빈의 시야를 잠식하고 있었다.
부우우웅!
"흡!"
사고 이전에 몸이 한 발 빠르게 반응했다.
횡으로 길게 이어지는 사선 앞에서 채빈은 다급히 물러났다.
도끼날이 가슴 앞의 허공을 갈랐다.
그 끝을 따라 루이제의 몸이 함께 회전하고 있었다.
"이야아아아!"

채빈에게는 놓칠 수 없는 빈틈!

쿠우웅!

시그너스 아머 건틀렛 가득히 공력이 실렸다.

채빈이 발을 박차고 튕겨나가 루이제의 얼굴로 정권을 내질렀다.

갓 자세를 추스른 루이제는 반격하지 않았다.

그 대신 도끼의 너른 면을 자신의 얼굴 위로 치켜들었다.

쾅!

"젠장!"

직격이 실패로 끝났다.

실로 간발의 차였다.

채빈의 주먹은 루이제의 얼굴이 아니라 그녀의 도끼와 맞부딪치고 있었다.

'크으윽!'

건틀렛 속에서 채빈의 주먹이 부르르 떨렸다.

분해서가 아니었다.

그럴 여유 따위 있지도 않았다.

격렬한 통증 때문이었다. 아픔이 팔을 타고 몸 전체를 휘감아 오고 있었다.

채빈은 이를 악물며 몸을 물러섰다.

'충격이 너무 세!'

채빈은 또 한 번 경악을 거듭하고 있었다. 버스터를 사용했을 때와 엇비슷한 충격이었다.

하물며 맨손도 아니고 시그너스 아머를 착용한 상태인데, 그럼에도 불구하고 뼈마디가 찌르르 울리는 드센 충격이라니.

더욱 놀라운 점은 루이제에게 있었다.

그녀는 딱히 반격을 한 것도 아니었다.

단순히 도끼를 들어 채빈의 공격에 방어만 했을 뿐이었다.

"넌 시시한 사내로구나."

불현듯 루이제가 말을 던졌다.

"한 방으로 확실히 알았어. 백기사라는 이름은 허명에 지나지 않는다는 것을 말야."

"입 닥쳐!"

부우우웅!

채빈이 루이제의 면전에서 거침없이 몸을 뒤틀었다.

육중한 그의 건틀렛이 흡사 조약돌마냥 가벼이 바람을 헤집으며 루이제의 정수리 위로 치달았다.

'이번에는 걸렸다!'

근거리의 루이제가 이 공격을 피하려면 뒤로 물러서거나 자세를 낮춰야 했다.

그것도 아니라면 도끼를 머리 위로 들어 막을 수밖에 없었다.

그러나 채빈이 보기에 이 모든 방법은 이미 한 발 늦었다.

이번만큼은 루이제가 무슨 수를 써도 자신의 공격을 피할 수 없을 것이라 확신한 것이다.

하지만 루이제의 움직임은 뜻밖이었다.

쉬이익!

루이제의 몸이 움직이는가 싶더니 이내 그 자리에서 사라졌다. 채빈은 텅 비어버린 공기를 허무하게 가르며 일순 뒤뚱거리고 있었다.

그리고 직후, 깔깔거리는 웃음소리가 들려왔다.

"호호호, 적을 코앞에 두고 손끝 하나 건드리지 못하는 바보라니. 백기사라는 호칭이 웃는구나."

루이제는 어느새 채빈의 등 뒤에 서 있었다.

채빈은 경악한 얼굴로 그녀를 돌아보았다.

눈 한 번 깜빡일 짧은 순간이었다. 이 찰나의 순간에 루이제는 코앞에서 공격을 피하고 오히려 채빈의 등 뒤를 잡아낸 것이었다.

'마법인가.'

타는 목으로 침을 삼키며 채빈은 생각했다. 그의 추측대로였다.

이것은 루이제가 인간의 형상일 때 강력한 마나를 토대로 하여 즐겨 사용하는 단거리 전용 텔레포트 마법이었다.

"뭘 멍하니 서 있는 거지? 놀아줄 테니 다시 들어와 봐."

루이제가 채빈을 희롱하듯 손가락을 까닥거렸다. 채빈은 거칠게 건틀렛을 치켜올리며 달려들었다.

부우우우웅!

두 주먹의 건틀렛이 동시에 허공을 찢었다.

채빈의 공격은 여전히 빠르고 예리했다. 다만 안타깝게도 루이제가 그의 공격권 안에 있지 않을 뿐이었다.

"가소롭고 아둔하기 짝이 없구나. 싸우고 있는 것인지 춤을 추고 있는 것인지 모르겠군. 그대는 광대인가?"

루이제는 아직도 채빈의 등 뒤에 서 있었다.

그녀는 믿을 수 없다는 눈빛으로 돌아보는 채빈을 향해 태연히 웃음을 터뜨리고 있었다.

"크으으……!"

채빈은 으스러지도록 두 주먹을 불끈 쥐고 먹이를 노리는 범처럼 루이제에게 달려들었다.

보통 피난민들의 눈에는 보이지도 않을 만큼 빠른 속도였다.

부우우웅!

"호호호호! 내게 공격은 언제쯤 할 셈이지? 한 내년 이맘때까지 기다리고 있으면 되나?"

루이제의 신랄한 우롱은 채빈의 머리를 까뒤집고 가슴속을 후벼 팠다.
　"씨발년아!"
　부우웅! 부우우웅! 부우우우웅!
　채빈의 공격이 걷잡을 수 없이 빨라졌다.
　그의 양 주먹은 스스로도 알 수 없는 궤적을 그려대며 공기를 찢고 또 찢었다.
　콰아아아앙!
　"크으윽!"
　어느 순간 천둥이 치는 듯한 소리와 함께 채빈의 몸뚱이가 뒤로 튕겨 나갔다. 루이제가 도끼를 들어 건틀렛을 막아낸 참이었다.
　"아흐흐……!"
　채빈은 바닥에 세차게 내동댕이쳐진 채 몇 바퀴를 구르다가 겨우 일어섰다.
　손 안을 울리는 통증에 이를 악물고 있는 그의 등 뒤로 루이제의 목소리가 들려왔다.
　"장난도 더는 못하겠어. 정말이지 시시해."
　"흡!"
　채빈이 흠칫 물러서며 몸을 돌렸다.
　루이제는 입가에 서늘한 미소를 올린 채 도끼를 거둬들이고 있었다.

그녀는 도끼를 쥐지 않은 다른 팔을 제 가슴 앞으로 들어 올리더니 주먹을 쥐며 말했다.

"특별히 정면으로 맞서주마. 그리고 도끼로는 방어만 해주지."

"이게 뭐라는 거야?"

"피하지 않고 상대해 주겠다는 뜻이야. 너 따위의 공격에 맞아봤자 딱히 아플 것 같지도 않고. 기껏해야 모기에 물리는 정도의 아픔이겠지."

"이런 개새……!"

"재미있는 사냥감을 간단히 죽이고 싶지 않거든. 너처럼 쥐뿔도 없이 열을 내는 사내. 생쥐처럼 약하고 한심하지만 하룻밤 데리고 놀 만한 가치는 충분하지."

"그 입, 안 다물어……?!"

채빈의 심장이 터질 것처럼 방망이질 쳤다.

이 판국에 자존심이 상했다느니 하는 저열한 이유로 분노가 치민 건 아니라고, 채빈은 스스로 믿고 싶었다.

눈앞의 루이제라는 여자가 더없이 역겹기에 치민 울화라고 믿고 싶었다.

사람을 벌레 다루듯 하찮게 여기는 루이제의 태도를 채빈은 납득할 수 없었다.

사람으로서 지녀야 할 그 어떤 최소한의 당위성조차 루이제에게는 없는 것이다.

이런 여자에게 우롱당하고 기분이 좋을 리 없는 채빈이었다.

그러한 채빈의 썩어가는 기분은 아랑곳하지 않으며 루이제가 말을 이었다.

"기쁘지 않아? 맨손 하나로만 상대해 주겠다는데. 혹시 모르지. 만분의 일에 지나지 않는 기적이 일어나 네가 이 위기를 모면할 수 있⋯⋯."

거기까지 말하던 루이제가 머리 위로 도끼를 쳐들었다.

쾅!

고막을 울리는 파열음.

루이제의 후방을 노리고 날아들었던 공뢰가 포물선을 그리며 저편으로 튕겨 나가고 있었다.

"대화하는 도중에 끼어드는 건 예의가 아닌데?"

루이제가 후방의 연호제에게 곁눈질을 보내며 말했다.

기습에 실패한 연호제는 다급히 몸을 틀며 새 공뢰를 양 손아귀에 말아 쥐고 있었다.

'나 때문이다.'

불현듯 채빈은 자괴감이 들었다.

연호제가 폭발하지 않는 공뢰를 투척한 건 자신이 루이제의 지척에 있었기 때문이리라.

자칫 자신까지 폭발에 휘말려 피해를 입을까 봐 염려했을 테니까.

꾸욱!

채빈의 사지에서 공력이 펄펄 끓어올랐다.

아랫배가 불이라도 든 것처럼 뜨거워졌다.

쉽게 정의를 내리기 어려운 난잡한 감정이었다. 선방은 못할지언정 최소한 연호제의 짐이 되지는 말아야겠다는 막연한 의무감이기도 했다.

부우웅!

채빈이 공력을 내뿜으며 눈앞의 루이제에게 돌진했다.

선택한 카드는 극선풍류였다. 그중에서도 최강의 연계기인 제일초식 극선팔타였다.

총 8타 중 최소한 1대라도 제대로 먹여줄 각오로 채빈은 극선팔타를 시전했다.

'제1타!'

쾅!

채빈의 왼쪽 주먹이 루이제의 도끼 위에 처박혔다.

어김없이 전해져 오는 격통. 채빈은 아픔을 억누르고 공격을 연계하기 위해 신형을 뒤틀었다.

'제2타!'

콰앙!
왼쪽 팔꿈치가 루이제의 오른쪽 어깨에 박혀들었다.
미약하게나마 루이제가 주춤거리는 기색이 느껴졌다. 덕분에 채빈은 자신감을 얻고 어깨를 울리는 고통을 참아냈다.
"이야아아아아!"
비명인지 기합인지 모를 괴성이 터졌다.
귓가가 멍해지는 가운데 고통은 희미해지고 자신감이 상승하고 있었다.
폭풍의 한가운데에서 채빈은 힘차게 극선팔타를 연달아 펼쳐냈다.
콰앙! 쾅! 쾅! 콰아앙!
태풍처럼 회전하는 양 어깨와 팔꿈치, 그리고 두 주먹이 루이제의 신체 곳곳을 연달아 강타해댔다.
빗발 같은 공격 속에서 루이제가 한쪽 무릎을 꺾인 채 휘청거렸다.
'먹히고 있다!'
채빈이 속으로 탄성을 내질렀다. 6타까지 성공했을 때 흔들리는 시야 속에서 루이제의 당혹스런 표정을 언뜻 본 듯했다.
강력한 희망이 몰아쳐 왔다.
어쩌면 이 싸움, 그다지 절망적이지만은 않을지도 모른다.

'이대로 계속 간다!'

극선팔타는 이제 마지막 두 번의 발차기 공격만을 남겨두고 있었다.

허리를 꺾은 채빈의 자세가 확연히 낮아졌다.

그의 하반신 가득 공력과 무게가 실리고 있었다.

'제7타!'

부우우웅!

바로 그때였다.

"이채빈! 피해!"

채빈의 한쪽 다리가 솟구치는 순간 연호제가 소리쳐 말하고 있었다.

채빈은 들을 수 없었다. 그리고 그의 발끝은 벌써 루이제의 턱밑까지 치달아 오른 참이었다.

번뜩!

돌연 루이제의 두 눈이 불꽃을 뿜어냈다.

콰아아앙!

"캬아아아아아아악!"

"이채빈!"

목을 뒤로 꺾고 절규하는 채빈의 두 눈은 흰자위뿐이었다.

7타를 먹이기 위해 뻗어 올렸던 그의 왼쪽 다리는 공중에서 애처롭게 떨고 있었다.

'이, 이게 어떻게 된 거야……!'

제대로 들어갔다고 확신하고 있었다.

도대체 무슨 일이 벌어진 것인지 채빈은 아직 깨닫지 못하고 있었다.

사고가 붕괴되고 시야는 차단되었다.

혼란 속에서 또렷하게 느껴지는 단 하나는 오직 격렬한 아픔뿐이었다.

채빈이 힘겹게 고개를 가누고 두 눈을 치켜떴다.

다리가 끊어지는 듯한 고통 속에서 그는 볼 수 있었다.

시그너스 아머 무릎 부위를 감싼 사이드 윙이 박살이 나 있었다.

그 위에 루이제의 도끼가 얹히듯 놓여 있었다. 날이 아닌 자루 쪽이었다.

"어머, 미안. 방어한다는 게 공격을 해버렸네."

고철처럼 찌그러진 갑옷을 내려다보며 루이제가 히죽 웃었다.

채빈의 얼굴이 점차 고통으로 흐뜨러지고 있었다.

시그너스 아머만 박살이 난 게 아니었다. 감각마저 흐릿해진 채빈의 무릎 역시 정상이 아니었다.

콱!

"아아악!"

루이제가 채빈의 다리 끝을 움켜잡았다. 채빈은 넘어지지도 못한 채 외발로 겨우 중심을 잡고 섰다.

"오호호호호호!"

루이제가 채빈의 낑낑거리는 모습이 재미있다는 듯이 웃음을 터뜨렸다.

그러는 내내 채빈의 발목을 붙잡은 손은 연신 위아래로 힘차게 움직이고 있었다.

"아악! 아아악!"

너덜너덜해진 채빈의 다리가 뿌리 뽑힌 수초처럼 허우적거렸다.

상상을 불허하는 고통으로 채빈은 거의 졸도 직전이었다.

"방금 공격은 신선했어. 이토록 빠른 연속 공격은 처음 봐. 인정해. 조금 당황했었어. 다만 아쉬운 건 파괴력이 너무 없다는 거야."

채빈을 향해 빈정거리면서도 루이제가 한 팔을 휘둘렀다.

쾅! 쾅!

루이제의 등 뒤로 날아들었던 2개의 공뢰가 튕겨 나갔다.

이번 역시 연호제의 기습이었다. 루이제는 채빈을 희롱하면서도 전혀 틈을 보이지 않고 있는 것이었다.

"정말 예의 없는 것들이네."

―너무 강하다!

채빈과 연호제의 뇌리를 강타한 공통된 생각이었다.

근접전을 치른 채빈도, 원거리에서 기습을 노리고 있던 연호제도 똑똑히 깨달았다.

둘이서 함께 온힘을 쏟아내도 이길 수 없으리라는 것을.

아니, 살아서 이 자리를 빠져나가는 일조차 결코 쉽지 않으리라는 것을.

'아직 끝난 건 아니다!'

비록 절망적이지만 채빈은 희망의 끈을 놓지 않았다.

방금 공격으로 분명히 얻은 점 또한 있었다.

공력은 루이제에게 틀림없이 먹혔다.

그 증거로 극선팔타를 막아내면서 루이제는 몇 번이나 몸을 휘청거렸지 않은가.

게다가 본인 입으로도 조금은 당황했음을 인정하기까지 했다.

"너희들이 사용하는 힘은 독특하네. 육체적 능력은 분명히 아닌데. 뭐랄까, 마나와도 다르고."

고개를 갸웃거리는 루이제의 그 말은 채빈의 확신에 힘을 보탰다.

채빈은 루이제에게 한 발을 잡힌 채로 어깨 너머 연호제에게 시선을 던졌다.

'이채빈……!'

채빈과 눈이 마주친 연호제의 입 안이 바싹 타들어 왔다.

눈빛을 통해 채빈의 묵직한 의지가 그녀에게도 전해져 오고 있었다. 공력으로 승부를 보려는 채빈의 의중을 그녀도 확실히 깨달은 것이었다.

'어떻게든 끝까지 해볼 심산인가.'

그러나 연호제는 암담했다.

어떤 방식으로 전투를 이끌어야 한단 말인가.

채빈이 지금까지처럼 근접전에서 공간을 확보하지 못한다면 폭공뢰를 투척할 수가 없다.

공뢰진을 설치해서 지원공격을 할 수도 있겠지만 이것도 다리를 다친 채빈이 마음에 걸려 어려운 노릇이었다.

폭발을 거듭하는 진 안에서 채빈이 적절하게 움직여줄 수 있을 것 같지가 않았다.

'어떻게든 틈을 봐서 돌진할 수밖에.'

결국 근접전에 힘을 보태자는 결론이 났다.

가장 자신 있는 기술인 원거리 공뢰를 포기해야 한다는 모험이 도사리고 있지만 채빈의 발이 묶인 지금으로서는 딱히 수가 없었다.

무엇보다 채빈이 저렇게 당한 데에는 지금까지의 전술을 묵묵히 고집한 자신의 책임도 있다고 그녀는 적잖이 자책하고 있었다.

'시작하자.'

연호제가 복잡한 심경으로 채빈을 향해 고개를 끄덕여 보였다.

그녀의 시야 한가운데에 놓인 채빈의 얼굴이 희미하게 웃고 있는 듯했다.

휘이익!

예고도 없이 채빈이 한 발을 잡힌 채로 뛰어올랐다.

탈출을 겸한 반격이었다.

회전과 동시에 그의 발차기가 루이제의 안면으로 날아들었다.

쾅!

"느려."

루이제가 도끼로 가볍게 발을 막아냈다.

그러나 채빈은 멈추지 않았다.

반동으로 상체를 한껏 젖히자마자 루이제의 정수리로 주먹을 내려찍었다.

콰앙!

채빈의 왼쪽 주먹도 막혔다.

그러나 그 순간에 채빈은 재빨리 오른손으로 루이제의 머리칼을 움켜잡았다. 그리고 연달아 다리 하나로 그녀의 허리를 휘감았다.

"무슨 짓이냐!"

거목에 매달린 원숭이처럼 우스꽝스러운 꼴이었으나 그 처절한 봉쇄는 기어이 빛을 발했다.

콰아앙!

"흡!"

짧은 호흡이 루이제의 입술 틈에서 터졌다.

일순 손발이 묶인 그녀가 연호제의 후방 기습을 허용하고 말았던 것이다.

연호제는 등허리에 충격을 받고 비틀거리는 루이제를 바싹 쫓으며 기술을 쏟아 넣었다.

콰콰콰콰콰콰쾅!

주먹인지 기관총인지 분간이 가지 않는 강력한 공격이 펼쳐졌다.

근접전용 다중타격공뢰가 연호제의 두 손을 타고 빗발처럼 폭발하기 시작한 것이었다.

연달아 치닫는 양 손을 번갈아 공뢰가 폭발하고 그 빈 껍질의 잔해가 사방으로 탄피처럼 흩어지고 있었다.

"크으으윽!"

처음으로 루이제가 확실한 신음을 토해냈다.

공격중인 연호제는 반탄강기로 무장하고 있었다. 따라서 피해를 입는 건 루이제뿐이었다.

시종일관 여유롭던 루이제의 얼굴이 딱딱하게 굳어가고 있었다.

'지금이다!'

채빈은 자신의 발을 잡은 루이제의 손에서 힘이 빠져나가는 것을 느꼈다.

그 틈을 놓치지 않고 채빈은 힘껏 몸을 튕겨 루이제의 마수에서 벗어났다.

콰아앙!

"푸우읍!"

"연호제!"

솟구쳐 오른 핏줄기가 밤하늘에 포물선을 그렸다.

연호제의 작은 몸이 포물선을 따라 밤하늘을 날아가고 있었다.

채빈이 위기를 벗어나자마자 기다렸다는 듯이 이번엔 연호제가 당하고 만 것이었다.

쿠웅!

연호제가 사정없이 추락해 흙바닥 위로 나뒹굴었다.

루이제는 여전히 같은 자리에 서서 연호제를 노려보고 있었다. 내질렀던 한쪽 주먹도 거두지 않은 채였다.

주먹 위로 이제껏 보이지 않았던 검붉은 기운이 감돌고 있었다.

'무슨 힘이지? 내 실드가 이렇게까지 무너진다고?!'

루이제는 억지로 표정을 경직시켜 놀란 심중을 감추고 있었다.

사실 신체보다 정신적인 충격이 훨씬 컸다. 알량한 인간 계집애의 주먹 몇 번에 자신이 아픔을 느끼리라고는 상상도 하지 못했던 것이다.

비록 저주를 받아 힘의 태반을 잃은 데다 인간 형태로 싸우고 있는 중이라고 해도, 이건 그녀에게 있어 괴변 그 이상도 이하도 아니었다.

"연호제, 괜찮아?!"

채빈이 절룩거리는 다리로 달려와 연호제를 부축했다.

연호제는 코와 입이 터져 얼굴이 핏물로 범벅이었다. 옷소매로 얼굴 위를 훔치며 연호제가 고개를 끄덕였다.

"견딜 정도는 돼. 직격은 아니었다."

연호제가 채빈의 부축을 사양하고 아픈 몸을 일으켰다.

"저 여자, 실드를 치고 있었어. 갑옷의 공백과 취약한 부위를 실드로 메우고 있다."

"나도 어렴풋이 느끼고 있었어."

"다시 한 번 가자."

"다시?"

"대충 서 있을 수는 있지?"

그렇게 묻는 연호제의 시선은 채빈의 다친 다리에 머물러 있었다.

채빈이 조심스럽게 땅을 툭툭 밟아 보이며 대답했다.

"중심을 잡을 정도는 돼."

"황도보병투(黃道寶瓶投)를 준비해 줘."

"뭐?"

채빈이 두 눈을 치켜떴다.

언젠가 지나가듯이 그녀에게 얘기했던 적이 있는 것도 같지만 어쨌든, 한 번도 사용해 본 적 없는 자신의 기술이 연호제의 입을 통해 흘러나오자 채빈은 미묘한 놀라움을 느꼈던 것이다.

"방금 다중타격공뢰술을 사용했을 때 확실히 느낄 수 있었다. 연타가 계속될수록 저 여자의 실드도 약해지고 있었어. 특히 후방 쪽이."

"으음……!"

"내가 먼저 저 여자의 실드를 약하게 만들면서 행동반경을 묶어 놓겠다. 그대는 내 뒤를 이어받아 후방에서 황도보병투를 사용해 줘. 그 다리로 황도백양각은 불가능하겠지. 그렇지 않더라도 단 한 방으로 승부하는 그 기술은 실패할 위험이 크기도 하고……."

채빈이 고개를 가로저으며 연호제의 말을 잘랐다.

"아니, 아니! 너무 위험해. 너… 지금도 당했잖아? 차라리 내가 먼저 시선을 끌 테니까 네가 다시……!"

그러나 연호제는 단호히 말을 이었다.

"다중타격공뢰보다 황도보병투가 강하다. 공력만이 해답이라고 여겨지는 지금 상황에서는 특히 더더욱. 무슨 뜻인지 알잖아. 지금은 오로지 공력과 연타다. 쏟아부을 수 있는 공력은 전부 쏟아부어야 해."

채빈은 말을 이을 수 없었다.

연호제의 의견을 긍정하면서도 그녀의 위험한 포지션이 마음에 걸려 간단히 수긍할 수가 없는 상황이었다.

"여자의 몸을 묶을 공뢰진을 먼저 설치하겠다. 비율은 폭과 반으로 2대 1이다. 내진의 3시와 외진의 9시가 허수다. 때가 되면 두 방향 중 후방을 잡기 쉬운 쪽으로 뛰어들어라."

"근데 효과가 있을까?"

반신반의하여 묻는 채빈 앞에서 연호제는 제법 확신한 듯한 표정을 짓고 있었다.

"아마도. 내가 보기에 저 여자는 지금 겉보기보다 심하게 혼란스러워하고 있다. 진을 설치해 잠시 우물쭈물하게 만들 수만 있더라도 족해."

"알겠어."

"다시 말하지만 이기려는 게 아니다. 피할 구멍을 찾는 거야."

채빈의 가슴 속에서 작은 후회감이 일었다.

애당초 극선팔타 대신 황도보병투를 사용했다면 일이 이렇게까지 되지는 않았을지도.

길어질 싸움을 대비해 내력 소모를 최소화하려 했던 것인데.

"너희들… 슬슬 화가 나려고 하는데? 생쥐들끼리 뭘 찍찍거리고 있는 거냐?"

어느덧 루이제가 활활 타오르는 시선을 이쪽으로 보내고 있었다.

충격이 가시고 난 그녀에게 남은 건 오로지 분노였다. 한낱 쓰레기라고 여겨 왔던 인간에게 한 방 먹고 말았다.

때문에 그녀는 정신이 돌아버릴 것만큼 화가 나 있었다.

"맨손 하나로 상대해 주겠다는 약속을 어기진 않는다. 예상보다 귀찮아질 것 같지만 내 자존심이 더 중요하지."

루이제가 허리를 펴고 똑바로 섰다.

산등성이 너머 밤하늘 저편에서 유성우가 반짝이고 있었다.

루이제에게 목숨을 잃은 피난민들의 영혼이기라도 한 듯 수도 없이 줄을 지어 떨어지고 있었다.

부우웅!

마지막 유성우의 빛이 어둠의 산 너머로 삼켜지는 순간 루이제가 대지를 박찼다.

루이제가 달려 나오는 동시에 연호제도 한 방향으로 달리기 시작했다.

그 모습을 본 루이제가 일순 달리던 몸을 멈추고 경계심으로 주춤거렸다.

텅! 텅! 텅! 텅! 텅! 텅……!

양팔을 좌우로 쭉 뻗은 채 번개처럼 내달리는 연호제의 등 뒤로 무수한 공뢰가 쏟아져 내렸다.

연호제는 어지러운 궤적을 그리며 루이제의 사방에서 질주하고 있었다.

'또 무슨 꿍꿍이지?!'

루이제로서는 영문을 알 수 없는 행동이었다.

그녀가 보기엔 일련의 질서도 없는 한낱 불규칙적인 움직임일 뿐이었다.

'조금만 더!'

그러나 루이제의 무지함과는 달리 내부에서부터 공뢰진은 착실히 완성되어가고 있었다.

짝수의 폭공뢰와 홀수의 반공뢰가 이어지면서 대지 위로 빠르게 그림을 그려냈다.

어느 순간 루이제는 자신이 두 겹으로 된 공뢰들의 원 안에 들어와 있음을 깨달았다.

그것도 연호제와 함께.

실로 삽시간에 벌어진 일이었다.

"대지가 전부인 줄 아느냐!"

부우웅!

루이제의 두 다리가 대지를 떠나 허공으로 솟구쳤다.

고개를 쳐든 그녀의 두 눈이 이내 경악으로 물들었다.

머리 위로 공뢰들이 우수수 쏟아지고 있었다. 움직임을 진작 예견한 연호제가 설치한 덫이었다.

콰콰콰콰쾅!

"크윽! 이런 야비한 계집! 크으윽!"

폭발하는 공뢰 속에서 루이제가 몸부림을 치며 포효했다.

그러나 이것은 비로소 시작될 공격의 서막일 뿐이었다.

콰콰콰콰콰콰콰쾅!

"크으으윽!"

연호제의 다중타격공뢰가 다시금 퍼부어졌다.

루이제는 당황한 기색이 역력한 얼굴로 한 팔을 허우적거리며 물러섰다.

그러면서도 반격할 기회를 찾고 있던 루이제는 그만 바닥에 놓여 있던 공뢰 하나를 밟고 말았다.

콰아앙!

"아윽!"

폭발한 공뢰의 폭염이 루이제의 오른쪽 다리를 휘감았다.

루이제는 비틀거리면서도 어처구니가 없었다.

고작 인간 2명을 상대로 숨 가쁘게 돌아가고 있는 지금 상황을 인정할 수가 없었다.

등 뒤는 막혔고 눈앞에서는 연호재가 쉴 새 없이 연타를 퍼붓고 있는 상황이었다.

"크으으……! 고작 이 정도 힘으로 이 나를 막을 수 있을 것 같은가!"

루이제가 마력을 끌어올리며 소리쳤다.

그 말은 허세가 아니었다.

그녀는 선 자리에서 연호제를 끝내버리려 주먹 가득 마력을 싣고 있었다.

아까 연호제를 가격했을 때처럼 검붉은 정체불명의 기운이 루이제의 주먹에서 새어 나오고 있었다.

그러나 안타깝게도 루이제는 잠시 잊고 있었다.

연호제가 안배한 진의 허수를 통과해 등 뒤로 달려든 채빈의 존재를.

―황도보병투!

채빈의 첫 번째 정권이 황도보병투의 시작을 알렸다.

콰아앙!

"크억?!"

턱 끝을 떨며 루이제는 이것이 꿈이 아닐까 생각했다.

실로 오랜만에 느껴보는 격렬한 통증이 척추를 타고 그녀의 전신을 울리고 있었다.

자신이 이러한 고통을 느끼게 되었다는 사실이 기가 막힌 나머지 루이제는 벌어진 입을 다물 수가 없는 것이었다.

'실드가 확실히 약해졌어!'

자신감이 채빈의 등을 힘차게 떠밀었다. 양 주먹에서 응축된 내공이 루이제의 몸 위로 작렬하기 시작했다.

콰앙! 콰앙! 콰앙! 콰앙! 콰앙!

"크아아악! 컥! 크윽!"

루이제는 술에 취한 사람처럼 몸을 이리저리 꺾어댔다.

30년 내공 기준 50회 전후의 연타를 가하는 황도보병투.

응축한 내공을 양 주먹으로 격발시켜 30년 내공 기준으로 50회 전후의 연타를 가하는 강력한 무공.

1갑자 내공의 채빈은 루이제에게 100회 이상의 연타를 모조리 퍼부어줄 기세였다.

콰콰콰쾅! 콰앙! 쾅! 콰콰쾅!

"이이이… 이 잡것들이! 크악!"

등 뒤의 채빈이 전부가 아니었다. 눈앞에서는 연호제의 다중타격공뢰도 계속되고 있었다.

앞뒤로 밀려드는 강렬한 연타에 루이제는 혼이 다 빠져나갈 지경이었다.

게다가 루이제의 진짜 문제는 몸이 아파오기 시작했다는 점이었다.

계속되는 공격에 어느덧 실드가 거의 해제된 상태였다. 실드를 친 그녀 본인이 인지하지 못할 리 없었다.

"후우! 후우!"

힘이 다한 연호제가 두 팔을 거두고 잠시 공격을 멈췄다.

채빈의 황도보병투는 이제 60회 즈음의 연타를 넘어서고 있었다.

그 표적인 루이제는 양 무릎마저 꺾이며 무너지기 일보 직전이었다.

바로 그 순간.

"부끄럽지만 약속은 여기까지다!"

쿠우웅!

루이제가 도끼자루로 땅을 짚어 몸을 지탱하면서 소리쳤다.

"나를 이렇게까지 우습게 만들다니. 너희들의 힘을 인정하는 것이니 영광스럽게 죽음을 받아들여라!"

쇳덩이 같은 채빈의 두 주먹에 등허리를 얻어맞으며 루이제가 전신 가득 마나를 끌어올렸다.

'뭐지?!'

채빈과 연호제가 동시에 느꼈다.

그것은 피난민들에게 네오 웨이브를 구사했을 때와 엇비슷한 살육의 감각이었다.

급기야 루이제의 두 눈이 핏빛으로 새빨갛게 물들고 있었다.

"피해!"

연호제가 뒤로 물러서며 외쳐 말했다.

루이제의 몸에서 발산되는 핏빛 마나가 급격하게 팽창하고 있었다.

사방이 온통 붉은 빛으로 잠식된 순간 루이제는 입술을 달싹였다.

―익스플로전.

퍼어어어어어어어엉!

연호제는 머릿속이 새하얘졌다.

이토록 강렬한 마나의 기운은 본 적도 없었다. 그 어떤 실드를 끌어와도 이 마나는 막아낼 수 없을 것이다.

싸움은 이것으로 끝난 것이다.

솟구치는 죽음의 불길 앞에서 연호제는 문득 생각했다.

언젠가 목숨의 은인인 섭표는 곡주에 취해 꼬인 혀로 그녀에게 말했었다.

죽기 직전 찰나의 순간에는 시간의 흐름이 느려진다고. 느려진 시간의 공백을 틈타 그간 살아온 삶의 단면들이 주마등처럼 눈앞을 스쳐간다고.

연호제는 이제 꼼짝없이 죽었다고 생각했다.

섭표의 말처럼 시간의 흐름이 느려지고 있었다.

몰살당한 가족들의 얼굴을 비롯해 자신이 밟아온 인생의 행적이 고스란히 눈앞에 아른거리고 있는 것이었다.

그 끝엔 이채빈이라는 사람도 있었다.

'그대 얼굴을 볼 면목이 없다.'

자신 때문에 억울한 죽음을 맞게 된 채빈을 똑바로 볼 수가 없는 연호제였다.

왜 그를 이곳으로 불러들였을까. 혼자서 해결해도 됐을 문제를 왜.

아니, 이제는 솔직해지자. 나는 그저 채빈과 함께 있고 싶었던 것은 아닐까? 그 마음 때문에 이런 자리를 만든 것은 아닐까?

연호제는 더없이 혼란스러웠다.

채빈은 연호제를 향해 웃어 보이고 있었다.

조금도 원망하는 마음은 없다는 듯한 맑은 표정이었다.

연호제의 두 눈 가득 뜨거운 눈물이 고이려 하고 있었다.

찰싹!

"정신 차려!"

"흡?!"

얼얼해진 뺨에서 통증을 느끼며 연호제가 두 눈을 떴다.

거센 열기를 머금은 폭풍이 사방에 몰아치고 있었다. 그리고 코앞에서는 채빈이 믿음직한 자세로 웅크려 앉아 그늘을 만들어주고 있었다.

"이게 어떻게 된 거지?"

"빨리 일어나! 테스타가드는 140초가 지나면 사라진다고!"

비로소 연호제는 상황을 파악했다. 채빈의 왼손에 테스타가드가 쥐어져 있었다.

이 절대방패 덕분에 루이제의 강력한 마나 속에서 목숨을 부지할 수 있었던 것이다.

"폭발이 끝나기 전에 피해야 돼! 저 여잔 미쳤어! 씨발, 남자로서 좃나 쪽팔린 소리긴 한데 도저히 이길 수 있는 상대가 아니라고! 빨리 튀자!"

폭발로 휘감긴 사방이 온통 지옥이었다.

무너지는 피난민들의 동굴 위에서 뿌리째 뽑힌 거목들이 불붙은 채 날아다녔다.

극심한 건기의 땅처럼 이리저리 갈라진 대지는 당장에라도 꺼질 것처럼 심하게 요동치고 있었다.

'나 때문이다! 내 어리석음이 상황을 이렇게 만들었어……!'

무너진 동굴 쪽을 향한 연호제의 얼굴이 심하게 일그러졌다. 피난민들의 태반이 목숨을 잃었을 것이다.

'이채빈만은 어떻게 해서라도 무사히 돌려보내야 해!'

이제는 채빈을 무사히 돌려보내야겠다는 생각만이 연호제의 머릿속을 지배하고 있었다.

자신의 어설픈 부탁에 한마디 이견도 없이 순순히 따라와 준 고마운 남자. 채빈을 살리기 위해서 과감히 미끼가 되어야겠다고 연호제는 마음먹었다.

"이채빈, 그대는……."

연호제가 생각한 바를 말하려는 찰나였다.

불현듯 채빈이 불쑥 연호제의 한 팔을 잡아당겨 테스타가드의 손잡이로 이끌었다.

"뭘 하는 거지?"

"테스타가드를 들어."

"무, 무슨 소리야?"

"너만이라도 빨리 도망치라고."

연호제의 낯 위로 격한 감정의 소용돌이가 휘몰아쳤다.

믿을 수가 없었다. 스스로를 희생하면서까지 자신을 살리려 하고 있는 채빈을 이해할 수가 없었다.

어째서? 위기를 불러들인 장본인은 바로 나인데.

"왜, 왜 그대가?"

"난 다리를 다쳐서 빨리 뛸 수가 없어. 그런데 테스타가드는 140초가 지나면 사라진다고. 너는 테스타가드를 들고 경공으로 달려. 너라면 충분히 살아 돌아갈 수 있어."

"그, 그럴 수는 없다."

"잠시 후면 폭발이 멎을 거야. 그 틈에 넌 도망쳐. 걱정하지 마, 저 여자는 절대 날 안 죽일 거야. 피난민들을 통해 얻지 못한 정보를 내게서 얻으려 하겠지. 인질은 되겠지만 네가 나중에 구해주면 되잖아."

"안 돼, 그대를 두고 혼자서는 못 간다."

"내 말 들으라니까!"

"절대로 못 가! 그대를 두고 혼자서는 돌아가지 않아!"

연호제의 쇳소리에 채빈이 입을 다물었다.

이렇게 격앙되어 소리치는 연호제를 보는 건 처음이었다.

연호제는 한껏 부릅뜬 두 눈 가득 눈물을 담은 채 연신 도리질을 치고 있었다.

그 촉촉한 시선을 멀뚱히 바라보던 채빈은 이내 등 뒤의 폭발이 점차 잦아듦을 느끼고 짧은 한숨을 뽑았다.

"어휴, 고집은 세 가지고!"

채빈은 한 손으로 방어를 유지한 채 연호제를 잡아 일으켜

세웠다.

어차피 죽을 것이라면 이 자리에 앉아 개죽음을 당하느니 뛸 때까지 뛰어보는 게 나을 것이라 생각했다.

연호제는 채빈의 한 팔을 목 위로 들어 올리고 남은 손으로 그의 허리를 감싸 안으며 말했다.

"레비테이션 윙을 써. 시그너스 아머에 달린 스킬 있지?"

"그렇긴 한데 테스타가드 때문에 마나가 거의 없어."

"상관없어. 되는 데까지만 유지해. 나는 그대를 들고 달릴 테니까."

"뭐? 자, 잠깐만!"

채빈이 반문할 틈도 없었다. 연호제가 말을 마치자마자 달리기 시작했다.

위이이이잉!

바람처럼 달리는 그녀의 품속에서 채빈은 레비테이션 윙을 발동시켰다.

질주에 한 층 가속이 붙었고 둘의 모습은 전장 한가운데에서 빠르게 멀어지기 시작했다.

잠시 후.

쿠우우우…….

루이제의 몸에서 시작되었던 폭발이 완전히 멎었다.

태풍이 헤집고 지나간 것처럼 황폐해진 풍경 속에서 루이제가 서서히 몸을 일으키고 있었다.

"이런, 필요 이상으로 흥분한 것 같네."

루이제가 주위를 돌아보며 도리질을 했다.

울화가 치밀어 힘을 절제하지 못하고 턱없이 강한 기술을 쓰고 말았던 것이다.

동굴이 무너진 꼴을 보니 정보를 얻어낼 피난민도 거의 죽어버렸을 듯했다.

루이제는 생존자를 확인할 요량으로 동굴을 향해 첫 발을 내딛었다.

"으음?"

다섯 걸음을 채 걷기도 전에 루이제는 이상한 낌새를 느끼고 고개를 돌렸다.

그녀의 두 눈은 이글거리는 불길 너머 평원 끝으로 향해 있었다.

시야의 끝자락에서 두 사람이 달리고 있었다.

'살아 있다고?'

하마터면 못보고 놓칠 뻔했다.

당연히 죽었을 것이라 여긴 채빈과 연호제가 멀쩡히 살아서 도망치고 있는 것이 아닌가.

이내 두 사람은 왕국이 자리한 동부의 가파른 절벽 밑으로 뛰어내려 자취를 감추고 말았다.

'내, 내 익스플로전을 견뎌냈단 말인가!'

하늘 높은 줄 모르던 그녀의 자존심이 사정없이 땅바닥으로 곤두박질치고 있었다.

루이제는 오한을 느끼듯이 위아래 이를 부서져라 딱딱거렸다.

빠직!

루이제의 전신에서 뼈가 뒤틀리는 소리가 일어났다. 뒤이어 살갗이 벌레라도 든 것처럼 꿈틀거리기 시작했다.

뒤틀리는 피부 틈틈이 뼈와 근육이 불거져 나오고 있었다.

"용서 못해… 절대로 용서할 수 없다……!"

빠직! 빠직! 빠직!

이변이 한 발 거세지면서 전신의 살갗이 터지고 있었다.

살갗을 뚫고 나온 뼈와 근육이 부풀어 오르면서 기이한 형상의 토대를 만들고 있었다.

빠지지지직!

가장 마지막으로 루이제의 얼굴 살갗이 찢겨져 나가면서 길쭉한 두개골이 형태를 드러냈다.

있어야 할 것이 없는 두 눈이 뻥 뚫린 채 깊은 어둠을 품고 있었다.

콰아아아아아아!

드센 마나가 몰아치면서 루이제의 몸이 급격히 팽창하기

시작했다.

어느새 그곳에 인간 모습의 루이제는 없었다.

하늘 전역을 가려버릴 만큼 거대한 본 드래곤이 기괴한 모습으로 포효하고 있을 뿐이었다.

쿠우우우웅!

오로지 뼈로만 이루어진 본 드래곤이 날개를 펄럭였다. 갈빗대 사이로 달빛이 통과하고 있었다.

한껏 솟구쳐 오른 본 드래곤은 채빈과 연호제가 도망친 절벽 쪽으로 날아가기 시작했다.

"이제 좀 어떤가?"

절벽 아래의 우거진 삼림.

그 어두운 곳의 나무 밑에서 연호제는 힐 마법으로 채빈의 다친 무릎을 치료해 주고 있었다.

"많이 괜찮아졌어. 그만해도 될 것 같아."

"그래도 조금만 더 하겠다."

"괜찮은데."

연호제는 열과 성을 다해 진지한 얼굴로 채빈의 다리를 치료하고 있었다.

그녀에게 다리를 맡기고 있는 채빈은 기분이 조금 머쓱했다.

"그대에게 또 빚을 졌다."

"빚은 무슨 빚이야."

"이제 내 주제로는 차마 갚을 수도 없는 큰 빚이다."

"아, 그런 소리 좀 그만하라고."

달빛을 가린 자욱한 안개가 잠시 걷힌 순간 채빈은 볼 수 있었다. 연호제의 눈시울이 붉어져 있었다.

채빈은 연호제의 강한 성격을 고려해 못 본 척 고개를 딴 곳으로 돌리며 화제를 바꿨다.

"이 숲만 뚫고 조금 더 가면 금방인데."

"그래, 멀지 않다."

"슬슬 출발하자. 그 망할 년이 추격해 올지도 몰라."

"정말 다리는 괜찮은가?"

"괜찮다니까 그러네."

걱정스레 지켜보는 연호제 앞에서 채빈이 몸을 일으켰다.

조금 뻐근한 느낌은 아직 남아 있었지만 거의 다 치료가 되어 충분히 걸을 만했다.

"연호제, 너 하이드 마나 포스 있어?"

채빈이 물었다. 하이드 마나 포스는 적이 감지하지 못하도록 마나를 최대한 숨기는 마법이었다.

한 번도 쓴 적이 없는 이 마법을 루이제의 추격에 대비해 사용할 참이었다.

"예전에 던전 보상으로 얻어서 배웠다."

"쓰고 가자. 효과가 미미하더라도 안 쓰는 것보단 낫겠지. 덤으로 공력도 좀 끌어올려 놓고."

"알겠다."

이내 하이드 마나 포스의 결계가 두 사람을 감쌌다. 그런 채로 두 사람은 천천히 어두운 숲을 헤쳐 걷기 시작했다.

한 5분 쯤 걸었을 즈음이었다.

어깨를 나란히 하고 걷고 있던 연호제가 조금씩 뒤처지고 있었다.

채빈이 돌아보니 연호제는 상기된 얼굴로 가쁘게 숨을 몰아쉬고 있었다.

"힘들어?"

"조금 숨이 찬 것뿐이다. 신경 쓰지 말고 가라."

연호제가 손을 내저어 보이며 말했다.

채빈은 시선을 거두고 속도를 조금 늦춰 다시 걸었다. 그러나 백여 걸음을 더 가다가 돌아보니 연호제는 도저히 신경을 안 쓸 수 없는 모습을 하고 있었다.

"왜 그래?"

"아무것도 아니다."

"아무것도 아닌 게 아니잖아."

그도 그럴 것이, 연호제는 한 팔로 명치 부위를 감싼 채 구부정한 모습으로 서 있었다. 숨을 몰아쉴 때마다 양 어깨가 힘겹게 들썩이고 있었다.

기어이 채빈이 보는 앞에서 연호제의 두 다리가 풀렸다.

몸을 지탱하지 못하고 모로 픽 쓰러지려는 그녀에게 채빈이 뛰어들었다.

"우왓, 조심해!"

채빈이 가까스로 연호제를 부축해 들어 안았다.

그의 두 팔 안에서 연호제의 숨소리가 한층 거칠게 뒤틀리고 있었다.

"어디가 아픈 거야? 말을 해봐."

"모르겠다. 몸이 조금… 이상해."

"이상하다고? 어떻게 이상하다는 거야?"

"어지럽고… 눈앞이 흐릿해… 힘을 쓸 수가 없어……."

연호제는 일그러진 얼굴로 원인을 알 수 없는 고통을 호소하고 있었다.

루이제에게 받았던 공격의 후유증이 이제야 나타나고 있는 것일까. 짐작 가는 부분은 그것밖에 없었다.

연호제의 창백해진 낯빛을 보며 채빈은 속이 탔다.

'…뭐지?'

머리 위로 스산한 바람이 불어오고 있었다.

채빈이 하늘로 고개를 쳐들었다. 무수히 뻗은 가지 틈 너머로 보이는 달이 안개에 가려지고 있었다.
 수상한 기운을 머금은 바람이 계속 불어오는 가운데, 갑자기 달이 완연한 장막 뒤로 삼켜졌다.
 순식간에 한치 앞도 보이지 않을 만큼 어둠으로 주변이 휩싸였다.
 "저, 저거……!"
 채빈은 입을 찢어져라 벌린 채 말을 잇지 못했다.
 자신에게 드리워진 어둠의 근원을 이제야 알아본 참이었다.
 "드래곤… 인가……."
 연호제도 놀란 듯이 중얼거리며 흔들리는 눈을 하늘로 향했다.
 거대한 드래곤이 밤하늘을 날고 있었다. 그것도 뼈로만 이루어진 본 드래곤이었다.
 뼈마디 사이로 달빛이 비춰질 때마다 확연해지는 본 드래곤의 모습은 채빈과 연호제가 질겁할 만큼 기괴하기 그지없었다.
 본 드래곤은 달빛을 등지고 채빈과 연호제가 통과하고 있는 수풀 쪽으로 하강하고 있었다.
 채빈이 숨을 죽이고 연호제를 부축해 근처의 거목 뒤로 몸을 숨겼다.

본 드래곤의 관절이 삐걱거리며 이리저리 돌아가는 소리가 점차 가깝게 들려왔다.

손톱으로 칠판을 긁는 듯한 신랄한 소리여서 채빈은 온몸의 털이 거꾸로 서는 느낌이었다.

'이 위기를 어떻게 돌파한다?'

본 드래곤은 거대한 몸만큼 커다란 머리를 들이댄 채 숲 여기저기를 기웃거리고 있었다.

채빈은 연호제를 끌어안고 초조한 심정으로 사태를 관망했다.

드래곤과 맞닥뜨린 건 난생 처음이었다. 저런 엄청난 괴물과 싸우겠다는 허황된 생각은 손톱만치도 없었다.

점점 상태가 악화되고 있는 연호제를 데리고 어떻게든 도망쳐야겠다는 생각뿐이었다.

─쿠오오오오오오오!

본 드래곤이 포효하며 몸을 위아래로 뒤틀었다.

손아귀에 잡힌 나무들을 뿌리째 뽑아 사방으로 내던지며 발광을 계속하고 있었다.

한눈에 보아도 크게 분노한 모습이었다.

─쥐새끼 같은 놈들! 곱게 도망칠 수 있을 것 같은가!

채빈이 놀란 숨을 훅 하고 들이켰다.

본 드래곤의 목소리는 조금 전까지 맞붙어 싸웠던 여자, 루이제와 꼭 닮았던 것이다.

―한낱 인간 주제에 이 위대한 대공 루이제를 농락하다니. 브레스를 선사해 주마. 이 숲과 함께 통째로 소멸시켜 주겠다. 어차피 내 저주의 낙인이 찍힌 계집은 하루를 넘기지 못하고 죽을 것이다. 너희들의 힘으로는 절대로 해독하지 못해. 아니, 대륙의 그 누구도 본 드래곤의 독은 풀지 못할 것이다. 으흐흐… 뼈와 살이 뒤틀리는 고통 속에 몸부림치는 것보다 브레스의 제물이 되는 편이 나을 테지.

'저주의 낙인?'

채빈의 두 눈이 품 안의 연호제에게로 내리깔렸다.

연호제는 땀으로 흥건해진 낯을 꿈틀거리며 힘겹게 채빈과 시선을 마주하고 있었다.

문득 연호제의 뇌리에 스쳐가는 장면이 있었다.

루이제의 주먹을 휘감고 있었던 검붉은 기운의 형체였다.

연호제는 자신이 그 주먹에 맞았던 것을 기억해냈다. 그것이 독이었단 말인가.

연호제는 힘겹게 팔을 들어 채빈의 가슴을 밀었다.

"왜 이래?"

"나를 두고 가."

"무슨 소릴 하는 거야, 지금?"

"브레스가 발동되면 끝이다… 피할 수 없어…….."

채빈은 연호제의 말을 무시하고 그녀를 들어 업은 다음 겉옷으로 자신과 그녀의 몸을 칭칭 동여맸다.

죽는 한이 있더라도 연호제를 사지에 홀로 두고 갈 수는 없었다.

채빈에게 있어 연호제는 목숨을 걸고서라도 구할 가치가 충분한 여자였다.

채빈은 본 드래곤의 사각을 노려 연호제를 업고 뛰었다.

쇄아아아아아아!

돌연 인위적인 바람이 죽음의 냄새를 가득 풍기며 날아들었다.

소리의 근원은 본 드래곤의 벌어진 입 안이었다. 숲 전체를 집어삼키고 채빈과 연호제마저 녹여버릴 브레스의 예고였다.

'제발……! 하나님! 부처님! 공자님! 살려주세요!'

채빈은 절박한 심정으로 신도 안 믿는데 기도까지 하면서 내달렸다.

그런 바람에도 아랑곳없이 브레스의 파동은 빠르게 확산되고 있었다.

문득 겁이 나 고개를 들었을 때, 본 드래곤의 입 안에서 휘몰아치고 있는 검붉은 기운을 채빈은 똑똑히 볼 수 있었다.

―죽어라!

콰아아아아아아아!

이윽고 본 드래곤이 독기 머금은 브레스를 폭포수처럼 쏟아냈다.

고개를 이리저리 돌려가며 숲 전역에 대고 광범위하게 브레스를 퍼부어대는 것이었다.

우거진 삼림은 브레스에 닿자마자 생명을 잃고 뚝뚝 녹아내렸다.

"크윽!"

달리던 채빈이 급히 몸을 멈추고 섰다.

본 드래곤의 브레스가 그의 앞길을 횡으로 길게 후려친 참이었다. 강한 염산에 닿은 것처럼 흐물흐물 녹는 나무들을 보며 채빈은 새파랗게 질려 버렸다.

'큰일이다!'

브레스로 오염된 앞길을 피해 몸을 돌린 채빈은 이내 두려움으로 머릿속이 텅 비어버렸다.

허공 위에서 본 드래곤의 벌어진 입이 자신 쪽을 향하고 있었다.

검붉은 브레스의 파동이 빠르게 또렷해졌다. 도저히 피할 구석이 없어 보였다.

채빈과 연호제가 절체절명의 위기를 맞은 바로 그 순간이었다.

―브레스를 거두십시오.

본 드래곤 루이제에게 시토라로부터 마나의 전언이 전해져 왔다. 루이제가 퍼붓던 브레스를 거두고 제자리 비행을 하며 되물었다.

―뭐지?

―변신을 끝내시고 돌아오시기 바랍니다.

―내 용무는 아직 안 끝났어. 중뿔나게 끼어들지 마.

―로이드 님의 명령입니다.

―로이드가 돌아왔나?

―그렇습니다.

―아무리 로이드의 명령이라고 해도 이 숲을 통째로 날려 버리기 전엔 못 돌아간다.

그 인간 두 놈을 죽이지 않고는 성이 풀리지 않아.

루이제는 시토라의 말에 응하지 않고 고집을 부렸다.

이내 전언의 목소리가 시토라에서 로이드로 뒤바뀌었다.

―제국을 자극하지 마시오, 대공.

―로이드인가? 시토라의 말로는 내 모습이 제국에 좋은 위협이 될 거라던데.

―시토라에 대한 처벌은 계획돼 있소. 나의 부재중 임의대로 행동한 점에 대해서. 대공께서는 백기사 건에서 손을 놓아 주시기 바라오.

─무슨 말인지는 알겠지만 일단 인간 두 놈은 죽이고…….

─대공, 내가 지금 부탁하고 있는 것으로 보입니까?

─뭐라고?

─계약을 했으면 충실히 내용을 이행하시오.

그렇게 말하는 로이드의 목소리는 확연하게 무거워져 있었다.

본 드래곤 루이제는 울분으로 하악골을 부들부들 떨면서도 이내 브레스를 완전히 거두어들이고 말았다.

로이드의 말을 거부할 수는 없었다.

─알겠다. 돌아가지.

─좋은 술을 준비해 두겠소.

로이드의 전언은 그것으로 끝났다.

본 드래곤 루이제는 절반 이상을 헤집어 놓은 숲을 잠시 내려다보고는 몸을 되돌려 날기 시작했다.

'어떻게 된 노릇이지?'

지상에서 추이를 지켜보고 있던 채빈은 안도하면서도 고개를 갸웃거렸다.

공격을 멈춘 본 드래곤이 절벽 너머 저편으로 멀어져 가고 있었다.

채빈은 안심하고 연호제를 업은 채 달리는 두 다리에 속도를 더했다.

천화지 대륙의 작은 마을 선하촌.

두 여자아이가 냇가에서 첨벙거리며 물놀이를 하고 있었다.

연호제가 피신시켜 놓은 마티오스의 두 딸, 라티아와 트리아였다.

"너, 너희들! 바, 밥은 먹고 노, 놀아야지!"

곽동이 밥을 차리다 말고 주걱을 든 채 쫓아 나왔다. 그러나 천화지 대륙의 언어를 모르는 라티아와 트리아는 서로의 얼굴을 보며 한 마디씩 던질 뿐이었다.

"라티아는 곽동이 무슨 말을 하고 있는 건지 몰라."

"트리아는 곽동이 바보라는 것만 알아."

"라티아는 언니가 빨리 왔으면 좋겠어."

"트리아는 오빠도 빨리 왔으면 좋겠어."

대화가 안 통해서 속이 답답한 건 곽동도 매한가지였다.

곽동은 까치집처럼 붕 뜬 머리를 긁적이며 폐광 쪽으로 무심코 시선을 향했다. 그리고는 이내 두 눈을 동그랗게 떴다.

"여, 연호제 온다!"

곽동은 덩실덩실 춤을 추며 어린애처럼 좋아했다.

하지만 그 춤사위는 금세 끝이 나고 말았다.

채빈의 등에 업혀 있는 연호제가 시체처럼 축 늘어져 있음을 본 것이었다.
 "여, 연호제 어디 아, 아프냐?"
 "조금 전 의식을 잃었습니다. 섭 선생님은 어디 계십니까? 연호제가 의식을 잃기 전까지 내내 찾았습니다."
 "따, 따라오세요!"
 곽동이 몸을 돌려 허둥지둥 앞장섰다. 그 뒤를 연호제를 업은 채빈과 라티아, 트리아가 줄지어 따랐다.
 곽동은 냇가와 면해 있는 마을 어귀의 낡은 초가 안으로 채빈을 인도했다.
 "서, 섭표 아저씨!"
 "식전에 또 무슨 소란이냐? 으음?"
 평상 위에 앉아 있던 중년의 남자가 막 들었던 젓가락을 도로 내려놓았다.
 남자는 무슨 사연 때문인지 두 다리가 정강이부터 잘려나가고 없었다.
 어쨌든 채빈은 그가 섭표임을 알아보고 공손히 고개를 숙였다.
 "안녕하세요. 채빈이라고 합니다. 섭 선생님이시죠?"
 "간지러운 호칭은 그만두고 아저씨라 부르게. 헌데 지금 느긋하니 통성명할 때는 아닌 것 같군."
 섭표가 그렇게 말하며 손짓을 해보였다. 채빈은 재빨리 섭표의 곁 평상에 연호제를 눕히며 말을 이었다.

"간단히 설명을 드리자면 독에 당한 것 같습니다."

"독이라……!"

섭표가 침음 섞인 목소리로 중얼거리며 연호제의 맥을 짚어 보았다.

어두워지는 그의 안색이 채빈의 마음을 더없이 불안하게 만들었다.

"이거 급하게 되었는걸. 일단 내 방으로 옮겨주게. 곽동, 자네는 뜨거운 물과 침을 준비해 주고."

"네, 네."

치료가 진행되는 짧은 시간이 채빈에게는 10년처럼 길게만 느껴졌다.

연호제는 여전히 죽은 듯이 누워만 있었다.

섭표는 그녀의 몸 곳곳에 침을 꽂으면서 좀처럼 입을 떼지 않았다. 그러한 섭표의 침묵이 채빈을 더더욱 불안하게 만들고 있었다.

"이토록 강한 독은 처음 보는군."

흘러내리는 식은땀을 훔치며 섭표가 처음으로 입을 열었다.

"피부에 머무르는 단계는 이미 지났네. 혈맥과 위장을 관통하고 골수에까지 독기가 미치려 하고 있어. 이런 속도로 진행된다면 아마······."

"아마라니요? 계속 말씀해 보세요, 선생님."

"하루를 버티기 힘들 걸세."

짤막한 섭표의 음성에 자포자기의 심정이 진하게 묻어났다.

"하, 하루요?!"

채빈은 사색이 되어 시선을 떨어뜨렸다. 연호제의 입술이 죽은 사람처럼 거무죽죽하게 변해 있었다.

24시간도 못 견디고 연호제가 죽게 된다니. 채빈은 도저히 섭표의 진단을 받아들일 수가 없었다.

"내가 할 수 있는 조치는 다 했네. 천운이 따르지 않는다면 몰라도··· 아니면 전설의 용혈과라도 구해다 먹이지 않는 이상······."

"용혈과요? 그게 뭡니까?"

채빈이 다급히 섭표를 붙잡고 물었다. 제아무리 하찮은 단서일지언정 놓칠 수 없었다. 무슨 수를 써서라도 연호제를 살려야만 하는 것이다.

"혈화동에서 자라는 전설의 과실일세. 복용한 자의 신체를 타고난 상태로 정화시켜 주지. 혈화동이 용암으로 봉인된 이후로는 완전히 전설이 되어버렸지만."

"타고난 상태로 정화?"

"그거라면 이 독을 풀 수 있을 걸세. 공력도 함께 날아가 버리겠지만 목숨이 날아갈 판국에 공력 따위가 대수인가."

"혈화동이라는 곳은 여기서 멉니까?"

"말을 달려도 이틀은 걸릴 거야."

섭표가 안타까운 얼굴로 고개를 내저으며 대답했다. 하지만 그 부분이라면 채빈에게 해결책이 있었다. 연호제의 스포츠카를 타고 가면 될 것이다.

"정말로 확실합니까? 그 용혈과라는 것이 연호제를 살릴 수 있을까요?"

"나는 그렇게 믿네. 잠깐, 설마 자네… 정말로 그것을 구하러 갈 생각인가? 거리도 먼 데다 내 생전 그 동굴에 들어가서 살아나온 사람을 본 적이 없다네."

섭표의 말을 한 귀로 들으며 채빈은 고심했다. 수많은 선택지가 그의 뇌리를 지배하고 있었다.

섭표의 말을 믿고 혈화동이라는 곳으로 갈 것인가.

로쿨룸 대륙에서 어디에 존재하는지도 모를 해독제를 찾아볼 것인가.

아니면 두 방법을 모두 시도하되, 어떤 것을 먼저 시도할 것인가.

생각 끝에 채빈은 혈화동을 첫 목적지로 결정했다.

의식을 잃기 전까지 연호제는 섭표를 믿었다.

섭표가 해결책을 줄 거라고 말했었다.

섭표를 믿은 연호제를 자신도 믿어야겠다고 채빈은 생각했다.

"섭 선생님. 혈화동에 대해 자세히 설명해 주세요."

기필코 연호제를 살려낼 것이다.

이토록 허무하게 연호제를 보낼 수는 없었다.

채빈은 굳은 의지로 두 눈을 치켜뜨고 섭표의 설명을 경청했다.

섭표와 헤어지고 선하촌을 벗어난 채빈은 일단 준비를 하기 위해 지구로 돌아왔다.

그것도 혼자가 아니라 연호제와 함께였다.

섭표는 할 수 있는 조치는 다 했다고 말했었다.

연호제를 지구로 데려온 것은 온건히 채빈의 판단에 따른 결정이었다.

병원을 돌아 나오면서 채빈은 재경에게 전화를 걸고 있었다.

"재경 누나, 미안한데 부탁 하나만 들어줘."

제2장
혈화동

이계
마왕성

끼이익!

울퉁불퉁한 암로를 질주하던 파란 스포츠카가 경사로를 넘어서자마자 멈춰 섰다.

정지한 차 안에서 채빈이 가볍게 뛰어내렸다.

그는 고개를 들어 눈앞을 바라보았다.

기암괴석으로 이루어진 거대한 검은빛의 산이 가로놓여 있었다.

지금까지 차로 달려온 암로도 이곳에서 끝이 나 있었다.

'도착했다!'

산을 굽어보던 채빈이 속으로 탄성을 질렀다. 산 한가운데에 '혈화동'이라는 큼지막한 글귀가 음각으로 또렷하게 새겨져 있었다.

200킬로에 가까운 속도로 3시간을 넘게 내리달려 다행히도 정확히 도착한 것이다.

채빈은 천천히 시선을 아래로 떨어뜨렸다.

산의 하단과 채빈의 정면이 만나는 곳에 입구가 있었다.

어둠을 가득 품은 거대한 입구는 악마의 입처럼 음산하게 도사리고 있었다.

입구 주변은 난잡했다. 여기저기 돌무더기로 된 초라한 무덤이 보였다.

그나마 무덤조차 갖지 못한 유골들이 사방을 나뒹굴고 있었다.

보이는 건 무덤과 유골뿐만이 아니었다. 뼈마디만 앙상한 고목의 가지마다 색 바란 지전들이 빼곡하게 매달려 있었다.

불어드는 바람에 처연히 흔들리는 지전들을 보고 있자니 채빈은 은연중에 소름이 돋는 걸 느꼈다.

저벅저벅.

채빈은 혈화동의 입구를 향해 첫 발을 떼었다.

가까이 다가설수록 더 많은 것들이 보였다.

입구의 주변은 그야말로 온통 글귀로 범벅이었던 것이다.

―혈화동, 천화지 대륙을 통틀어 가장 저주받은 장소. 그대도 이곳에 뼈를 묻고 원령이 되고 싶은가.

―그 누구라도 용혈과를 손에 넣을 수는 있을 것이다. 다만 살아서 빠져나오지 못할 뿐.

―경이 아버지, 그리고 경이야. 부디 편안히 잠드소서. 다음 생에 다시 만나면 일확천금을 꿈꾸지 말고 평범하게 오순도순 살아갈 수 있기를.

―소문 듣고 구경 왔더니 별것도 없네. 입구가 막혀서 들어가지도 못하잖아.

―입구에 들어가자마자 귀신들을 보았다. 혈화동에 갇혀 목숨을 잃은 원혼들이 살아 있는 나를 보자마자 득달처럼 달려들었다. 정신을 잃고 눈을 떠 보니 나는 입구 앞에 누워 있고 시간은 엿새가 지나 있었다. 이곳을 찾아온 건 내 평생 가장 미친 짓이었다.

―이 글을 본 당신, 속히 마음을 바꿔 돌아가라.

―거짓된 전설이다. 기왕 사기를 칠 거면 한 2,000년 전으로 할 것이지 고작 200년 전에 저주를 받았다는 건 또 뭐람. 여기저기 적혀 있는 낙서들도 죄다 거짓부렁이다. 마차 삯만 잔뜩 날렸다.

글씨체와 크기, 그리고 한지로 써 붙인 벽보에서부터 암벽에 직접 칼로 새긴 것 등등 종류마저 모두가 달랐다.
이곳을 방문했던 사람들이 저마다 남겨놓고 간 글귀인 듯했다.
미지의 공포 속에서 채빈은 손목을 들어 시간을 확인했다.
이곳까지 오는 데만도 꽤나 시간을 소모하고 말았다.
한시바삐 용혈과를 구해서 돌아가야만 한다.
현대의학이 통하지 않는다면 지금은 용혈과만이 유일한 희망인 것이다.
실패는 곧 연호제의 죽음으로 연결된다고 생각하자 채빈은 더 이상 망설일 수가 없었다.
채빈은 연호제를 살리겠다는 일념을 품고 입구로 들어섰다.
동굴 내부는 어둡기 짝이 없었다.
게다가 기분 나쁘리만치 조용했다. 그나마 예전 칸체레 수도원 던전의 초입처럼 습하지는 않아서 채빈은 그 점을 위안으로 삼았다.
'불을 켜야지.'
채빈은 만약을 대비해 가져온 랜턴을 백팩에서 꺼냈다. 그리고 각각 머리와 양 어깨에 찬 다음 전원을 켰다.
세 갈래의 밝은 빛줄기가 눈앞을 환하게 비춰주었다.

불을 밝히고 있자니 채빈은 문득 두 정령의 모습을 떠올렸다.

던전을 공략할 때 어둠이 닥치면 환히 빛을 밝혀주곤 했던 프라이어, 그리고 어둠을 틈탄 공포를 끊임없는 수다로 쫓아내곤 했던 운디네의 그리운 모습이.

'너희들이 곁에 있다면 얼마나 든든할까.'

추억하는 채빈의 입가에 잔잔한 쓴웃음이 감돌고 있었다.

직선으로 얼마나 걸었을까.

상당히 빠른 걸음으로 걷고 있다고 채빈 스스로도 느끼고 있었다.

그렇게 한참을 걸었는데도 좁은 통로는 변화가 전혀 없었다.

고막이 제 기능을 잃었다고 의심될 만큼 무거운 정적 또한 계속되고 있었다.

채빈은 더욱 속도를 높이며 손목을 들어 시계를 보았다.

10분가량의 시간이 지나 있었다. 뒤를 돌아보니 들어온 입구가 까마득히 먼 곳에서 아주 작은 빛으로 희미하게 아른거리고 있었다.

10여 분을 더 걷자 조금씩 변화가 생겼다. 좁은 통로가 점차 넓어지고 있었다.

조금 더 진입하자 사방의 암벽 틈을 통해 붉은 빛이 스며들어와 조명 역할을 해주었다.
 채빈은 불필요해진 랜턴들의 전원을 껐다.
 '막혔네.'
 무너진 돌무더기로 길이 막힌 곳에서 채빈은 멈춰 섰다.
 입구 앞에 적혀 있던 글귀들에서도 보았었다.
 이 돌무더기를 두고 길이 막혔다고 불평들을 했던 것이리라.
 여기까지는 꽤나 많은 사람들이 들어왔던 모양이었다.
 '뭘로 치우지.'
 시그너스 아머를 장착해 버스터 스킬을 사용할까. 아니면 공력을 사용해 강타해 볼까.
 하지만 채빈은 내키지 않았다.
 섣불리 강한 충격을 주었다가 동굴 전체가 무너질까 봐 걱정이 들었다.
 '그래, 그게 있었지.'
 채빈은 두 손을 치켜들고 가만히 텔레키네시스의 비전을 떠올렸다.
 채빈의 손끝을 따라 가장 작은 돌덩이들부터 서서히 떠오르기 시작했다.
 '후우……!'
 채빈은 뒤쪽의 암벽에 등을 바싹 기대고 서서 한 부분의 돌덩이만을 집중적으로 옮기는 작업에 착수했다.

　육중한 돌덩이들이 풍선처럼 가볍게 떠올라 옮겨지고 있었다.

　4서클의 마나는 강력하다는 사실을 채빈은 새삼 느꼈다.

　고철 TV 하나를 움직이는 일에도 땡칠이처럼 헉헉대던 시절의 자신은 더 이상 없었다.

　쿠웅!

　"됐다!"

　한참을 작업한 끝에 채빈이 통과할 만한 구멍이 비로소 생겨났다. 채빈은 텔레키네시스를 거두고 이마의 땀을 훔치며 구멍을 통과했다.

　통로는 금세 끝나고 드디어 새로운 풍경이 나타났다.

　지름이 20미터는 족히 넘을 듯한 드넓은 원형의 광장이었다.

　까마득하게 올려다 보이는 천장과 사방의 암벽이 정확한 곡선을 이루고 있었다.

　아무리 보아도 천연적으로 형성된 공간은 아니었다.

　'채굴하던 사람들이 만들었나.'

　채빈은 주위를 살피며 광장의 중앙으로 걸어갔다. 그곳에 서자 보이는 것이 있었다.

　채빈을 중심으로 왼쪽의 9시, 정면의 12시, 오른쪽의 3시

방향 암벽에 각각 철문이 설치되어 있었던 것이다.

'저 문들을 통과해야 한단 말이지?'

3개의 문 이외에 보이는 출구는 채빈이 지나온 암로뿐이었다.

채빈은 일단 왼쪽 9시 방향의 철문으로 발길을 뗐다. 어차피 모두 들어가 볼 생각이기에 고민할 여지도 없었다.

끼이익.

문고리를 돌리자 철문은 쉽게 열렸다.

열린 철문 너머로 좁은 통로가 마련되어 있었다. 그런데 그 통로는 불과 열 걸음 정도 앞에서 끝나 있었다.

그곳에 또 하나의 철문이 설치되어 있었기 때문이었다.

채빈은 서둘러 다가가 두 번째 철문의 문고리를 잡았다. 그리고 이내 고개를 갸우뚱거려야만 했다.

'뭐야, 이건 왜 잠겨 있어?'

아무리 힘을 줘도 문고리는 돌아가지 않았다.

자세히 살펴보니 문고리 위에 열쇠구멍으로 보이는 홈이 나 있었다.

아무래도 이 철문은 열쇠를 필요로 하는 모양이라고 채빈은 직감했다.

하지만 얌전히 열쇠를 찾아 물러설 채빈이 아니었다. 용혈과를 구하러 이곳에 들어온 채빈은 지금 한시가 급했다.

"씨발, 여기가 던전이냐? 열쇠가 필요하다고 하면 내가 얌전히 '아 네, 죄송합니다. 열쇠 구해올게요' 라고 할 줄 알았냐?!"

콰아아앙!

공력 실린 채빈의 주먹이 문고리를 강타했다. 그러나 문은 꿈쩍도 하지 않았다. 오히려 채빈의 주먹만 지끈지끈 아파올 뿐이었다.

"망할, 어떻게든 부숴주마!"

콰아앙! 쾅! 콰쾅! 쾅쾅쾅!

채빈이 연달아 철문을 향해 주먹과 발길질을 퍼부었다.

한 방 한 방 1갑자의 괴력이 담겨진 강력한 공격이었다.

그러나 수십 대를 때려대도 철문은 요지부동이었다.

채빈은 금세 제 풀에 지쳐 뒤로 물러서고 말았다.

"아우, 씨발!"

쾅!

화풀이로 공력 없는 발길질을 날려준 다음 채빈은 씩씩거리며 돌아섰다.

이 혈화동이라는 곳이 준비한 코스를 따라 꼭두각시처럼 움직여야 하는 것일까.

던전도 아닌 이런 외딴 곳에서. 채빈은 짜증이 솟구쳤다.

광장으로 나온 채빈은 12시 방향의 철문으로 들어섰다.

끼이익.

쉽게 열린 철문 너머로 경사로가 보였다. 암벽이 아닌 금속 재질로 이루어진 40도 남짓의 가파른 경사로였다.

'왜 이렇게 덥지.'

철판으로 된 경사로를 올라가는데 열기가 확연히 거세지고 있었다.

백여 걸음을 올라 철로의 완만한 지대에 올라섰을 때 채빈은 열기의 원인을 알아챌 수 있었다.

"요, 용암……!"

기포를 불쑥불쑥 뱉어내는 용암이 서쪽 암벽의 상층에서부터 줄기차게 흘러내리고 있었다.

용암 줄기는 채빈이 걷고 있는 눈앞의 철로를 통과해 동쪽의 하부로 폭포처럼 쏟아져 내리고 있었다.

'크윽, 뜨거워! 여길 어떻게 통과해!'

한참 앞에 놓인 용암인데도 견디기가 버거울 정도로 강렬한 열기가 확 끼쳐왔다.

레비테이션 윙을 써서 날아 넘어갈 생각을 했던 채빈은 금세 마음을 고쳐먹고 돌아섰다.

반도 넘어가지 못하고 통구이가 될 게 뻔했다.

'저게 뭐지?'

돌아서는 채빈의 시야에 문득 보이는 것이 있었다. 용암이 쏟아지고 있는 서쪽 암벽 최상층의 끄트머리에 채빈의 눈길이 꽂혀 있었다.

누군가가 설치한 듯한 밧줄이 열기의 아지랑이 너머에서 희미하게 아른거리고 있었다.

'무슨 장치 같은데.'

어쩌면 9시 방향 철문을 넘어가면 연결되는 방향일 것이라 채빈은 짐작했다.

하지만 거기에 가려면 두 번째 철문을 열 열쇠를 구해야 한다. 머리가 지끈거렸다.

'일단 움직이자.'

당장 궁리한다고 해도 뾰족한 수가 없었다. 그리고 아직 3시 방향의 철문이 하나 더 남아 있었다.

고민은 마지막 문까지 모두 확인한 다음에 해도 늦지 않는다.

채빈은 잡념을 떨치고 왔던 경사로를 미끄러져 내려가 광장으로 되돌아왔다.

끼이익.

채빈이 마지막 하나 남은 3시 방향의 철문을 열었다.

문이 열리자마자 냉기가 확 끼쳐왔다.

동시에 지금까지와는 다른 이색적인 풍경이 채빈을 맞이하고 있었다.

지름 7~8미터 정도의 작은 광장이었다.

광장은 천장과 바닥, 벽까지 온통 새하얀 얼음으로 뒤덮여 있었다.

또한 크고 작은 수백 개의 구멍들이 벌집처럼 빽빽하게 새겨져 있었다.

'저건 뭐지?'

뾰족한 돌기 하나가 광장 중앙의 바닥을 뚫고 돋아나와 있는 것이 보였다.

달리 마땅한 단서도 없었기에 채빈은 주저하지 않고 돌기로 다가섰다.

바로 그때였다.

스르륵! 스르륵! 스르륵!

귓가를 간질이는 수상한 소음에 채빈은 고개를 쳐들었다. 그리고 경악했다.

어디랄 것도 없이 사방의 모든 얼음 구멍에서 푸른빛의 벌레들이 기어 나오고 있었던 것이다.

"히익! 이게 뭐야!"

얼음으로 뒤덮인 빙충(氷蟲)이었다.

크기도 작게는 50센티미터에서 1미터가 넘는 것까지 다양했다.

빙충들은 지네와 같은 굴곡 어린 몸을 꿈틀거리며 채빈에게 다가들었다.

얼음 가루를 흩뿌리는 더듬이를 한껏 치켜든 꼴이 확실히 채빈을 적대하고 있었다.

"저리 꺼져!"

콰직!

채빈이 지척으로 다가든 빙충을 발로 짓밟았다.

죽었으리라 생각하고 발을 들어보니 맙소사, 빙충은 멀쩡한 모습으로 펄쩍 뛰어올랐다.

찰싹.

"히이이~이이익!"

뛰어오른 빙충이 채빈의 낯 위로 들러붙었다.

졸도 직전의 채빈이 허우적거리며 얼굴로 손을 가져갔다.

그 와중에 등 뒤에서 또 한 마리의 빙충이 뛰어올라 채빈의 목덜미로 기어들었다.

"갸아아아악! 저리 꺼져!"

바퀴벌레만 봐도 정신이 나가버리는 채빈에게는 미쳐버릴 것 같은 시련이었다.

채빈은 허겁지겁 몸에 붙은 빙충들을 떼어내 내팽개친 다음 내공을 끌어올렸다.

콰직! 콱! 콱!

"죽어! 죽어! 죽어! 죽어! 죽어!"

채빈은 미친 듯이 공력을 담은 발로 보이는 빙충들을 짓밟았다.

공력은 효과가 있어 밟힌 빙충들은 몸에 둘려져 있던 얼음이 깨지면서 배를 까뒤집고 괴로운 듯이 발악해댔다.

"헉헉! 죽어! 아니, 꺼져 줘! 제발 그냥 꺼져달라고!"

어느새 채빈의 주위로 빙충들의 시체가 산처럼 쌓였다.

그러나 빙충 떼거지는 도무지 포기를 모르는 모양이었다.

동료들이 계속 밟혀 죽어나가고 있는데도 굴하지 않고 계속해서 채빈에게 짓쳐들어오고 있었다.

"씨발, 이러다 끝이 없겠네!"

빨리 단서를 찾아 이 빌어먹을 방을 벗어나야겠다고 채빈은 생각했다.

새삼 둘러봐도 단서는 광장 중앙 바닥에 돋아나 있는 돌기뿐이었다.

채빈은 돌기를 붙잡고 힘껏 위로 끌어올렸다.

콰드드득!

"우악!"

채빈이 돌기를 놓치고 황급히 물러났다.

돌기가 살아 있는 생물처럼 꿈틀거리며 주위 바닥의 얼음에 균열을 일으키고 있는 것이 아닌가.

채빈의 시야 속에서 돌기는 점차 거세게 요동치고 있었다.

콰아아앙!

기어코 돌기가 용이 승천하듯 바닥을 깨고 힘껏 솟구쳐 올랐다.

채빈은 입을 찢어져라 벌린 채 할 말을 잃어버렸다. 돌기의 정체는 초거대 빙충이었다.

'맙소사, 이런 놈이랑 어떻게 싸워!'

거대 빙충이 나오자 주위의 자그마하나 빙충들이 모두 달려들어 몸 위에 진드기처럼 달라붙었다.

그 징그러운 광경에 채빈은 치가 떨려 제대로 서 있기도 힘들었다.

'아차!'

채빈은 자기 뒤통수를 때리며 돌아서서 뛰었다. 당황한 나머지 까마득하게 잊고 있었다.

지금 이 자리에서 여느 때보다 요긴할 자신의 마법 비전 중 하나를 말이다.

'여기라면 괜찮겠지.'

채빈은 비상시에 탈출할 수 있도록 들어왔던 철문을 활짝 열고 그 앞에 섰다.

거대한 빙충이 수백 수천 마리의 부하들을 온몸에 붙인 채 다가오고 있었다.

그 한가운데를 향해 채빈이 두 손을 힘차게 뻗었다.

―파이어 애로우!

슈우우욱!

강렬한 불꽃의 화살이 채빈의 두 손바닥 위로 생성되었다.

매직 타깃을 거대 빙충의 머리 위로 걸자마자 채빈은 만들어낸 2발의 파이어 애로우를 쏘아 날렸다.

콰아앙! 콰앙!

"키이이이이!"

"아하하하하하하하!"

거대 빙충의 신랄한 비명만큼 한껏 높은 채빈의 웃음소리가 광장을 쩌렁쩌렁 울렸다.

비록 2서클의 보잘 것 없는 화염 마법이지만 얼음으로 무장한 저 벌레들에게는 무엇보다 무서운 공격일 터였다.

"맛이 어떠냐! 이제 내가 받은 정신적인 고통을 고스란히 네놈들에게 되돌려줄 차례다!"

슈우욱! 슈우욱!

채빈은 곧바로 새로운 파이어 애로우를 생성해 빙충에게 날려 보냈다.

불꽃의 화살은 정확히 허공을 뚫고 날아가 빙충의 신체 곳곳에 세차게 처박혔다.

콰앙! 쾅!

"키이이이! 키이이이이이!"

거대 빙충이 고통으로 몸부림을 쳤다.

몸에 들러붙은 작은 빙충들과 얼음가루가 뒤섞여 벼룩처럼 우수수 쏟아지고 있었다.

"그래! 계속 날뛰어! 죽고 싶으면 더 날뛰어 봐!"

절규하는 거대 빙충을 향해 채빈은 잠시도 쉬지 않고 파이어 애로우를 계속 쏘아댔다.

4서클의 마나를 보유하고 있기에 여력은 충분하고도 남았다.

"키이이이이이!"

족히 50발은 맞은 거대 빙충의 몸은 어언 태반이 녹아든 상태였다.

얼음이 녹은 물이 뚝뚝 떨어져 내리는 몸 곳곳에서 젖은 녹색 표피가 모습을 드러내고 있었다.

채빈은 그 공백을 집중적으로 노려 파이어 애로우를 줄기차게 쏘아댔다.

콰직!

"키이이이이이이이이이!"

정수리 근처의 빈틈에 파이어 애로우가 직격으로 꽂혔다.

거대 빙충은 길고 거대한 몸뚱이를 천장까지 꼿꼿하게 세우며 고통 서린 괴성을 한껏 토해냈다.

그런 끝에 쿵, 소리를 내며 바닥으로 곤두박질쳤다.

"휴우, 끝났나."

채빈이 파이어 애로우 시전을 멈추고 안도의 한숨을 내쉬었다.

죽었나 싶어 살펴보고 있노라니, 거대 빙충이 서서히 몸을 움직였다.

그리고는 꼬리를 말고 채빈의 반대 방향으로 미끄러지듯 나아가 큼지막한 구멍 하나로 빨려들듯 자취를 감춰 버렸다.

"도망쳤구만. 그래, 죽는 것보단 낫지. 똑똑한 놈들이네."

생각해 보면 이 벌레들이 딱히 위협적인 공격을 한 것도 아니었다.

그저 채빈이 인간으로서 끔찍하게 여겼을 뿐이었다.

채빈은 어쩐지 거대 빙충이 살아 다행스럽다는 생각마저 하면서 텅 비어버린 얼음광장으로 조심스레 들어섰다.

기겁할 벌레들도 사라졌으니 이제 단서를 찾아야 할 차례였다.

"엇, 있다!"

거대 빙충이 나왔던 중앙 바닥의 구멍 깊숙한 곳에 무엇인가가 반짝이고 있었다.

채빈은 텔레키네시스 마법을 시전해 그 작은 물건을 끌어올렸다.

두둥실 떠올라 채빈의 손아귀에 들어온 것은 금빛의 작은 열쇠였다.

"이거다!"

9시 철문을 여는 열쇠가 틀림없다고 채빈은 확신했다.

이렇게나 저렇게나 결국은 던전을 공략하는 듯한 느낌을 지울 수가 없어 기묘한 느낌이 들었지만 어쨌든, 채빈은 경쾌한 심정이 되어 얼음광장을 빠져나왔다.

3시 방향의 철문으로 향하면서 채빈은 지금까지의 진행 상황을 다시금 정리했다.

3시 방향에서 빙충과 싸워 열쇠를 얻었다. 이 열쇠로 9시 방향의 두 번째 철문을 열 수 있을 것이다.

그리고 12시 방향의 경사로는 용암 때문에 통과할 수가 없는데, 아마도 이것을 돌파할 해답이 9시 쪽에 마련되어 있으리라.

채빈은 생각을 정리하면서 9시 방향의 두 번째 철문 앞에 도착했다.

결과는 다행히도 예상대로였다.

열쇠는 한 치의 어긋남도 없이 두 번째 철문의 열쇠구멍에 꼭 맞았다.

두근거리는 심정으로 열쇠를 돌리자 딸깍 하는 소리와 함께 철문은 간단히 열렸다.

끼이익.

철문 너머로 완만한 경사의 비탈길이 구불구불 뻗어나 있었다. 채빈은 비탈길을 따라 부지런히 걸어 올라갔다.

이제야 일이 본격적으로 착착 진행되고 있다는 좋은 예감이 들었다.

길은 금세 끝이 나고 새로운 장치가 나타났다.

원통형의 잔뜩 녹이 슨 철제 상자였다.

상자는 사람이 몇 명이나 올라탈 수 있을 만한 충분한 크기였다.

자세히 살펴보니 도르래와 맞물린 굵직한 줄이 상자의 네 귀퉁이를 통과하며 연결되어 있었다.

채빈은 줄을 따라 고개를 들었다. 저만치 하늘 위로 끝도 없이 뻗어 올라가 있었다.

"이거, 승강기 같은 건가?"

철제 상자 가운데에는 조종에 쓰이는 듯한 원판형의 장치도 설치되어 있었다.

채빈은 상자에 올라타 시험하듯 원판을 잡고 돌려보았다.

맷돌처럼 길쭉한 돌기가 올라와 있어 돌리기는 수월했다.

끼이이이이……!

'올라간다!'

채빈을 실은 철제 상자가 서서히 밧줄을 타고 상승하고 있었다.

역시나 이 장치는 승강기였다.

채빈은 털썩 주저앉아 한층 힘차게 원판을 돌리기 시작했다.

한동안 원판을 돌리던 채빈은 곧 이 승강기가 수직으로만 움직이는 것이 아님을 알 수 있었다.

이어진 줄이 일정한 간격을 두고 암벽에 고정되어 있었고, 그에 따라 굴절한 줄의 방향이 어느 순간부터는 수평을 이루고 있었다.

당연히 채빈을 태운 승강기도 그에 따라 수평으로 움직였다.

승강기는 울퉁불퉁하게 새겨진 천장의 암벽 틈바구니를 잘도 통과하고 있었다.

'또 슬슬 더워지네. 별로 힘들지도 않은데.'

어둠을 가르며 승강기를 움직이고 있자니 관자놀이와 이마에 땀방울이 맺혔다.

빙충들과 맞닥뜨렸던 얼음광장이 격하게 그리워지려는 찰나, 채빈은 열기의 원인을 발견했다.

"씨발, 용암!"

승강기가 이제 막 큼지막한 암벽을 통과한 직후였다.

경사로 위에서 채빈의 앞길을 가로막았던 용암이 승강기 저만치 아래의 지상에서 흐르고 있는 것이 보였다.

한참이나 먼 밑의 지상임에도 불구하고 채빈은 한여름의 대구 날씨와 같은 무더위를 느끼기 시작했다.

"후우! 후우! 후우!"

채빈은 땀으로 범벅이 된 몸으로 연거푸 숨을 몰아쉬며 원판을 돌리고 또 돌렸다.

어쨌든 용암 위를 통과하려면 이 수밖에 없지 않은가.

채빈은 바닥에 앉았던 엉덩이도 떼고 자세를 고쳐 쪼그려 앉았다.

철제 승강기마저 용암의 열기에 서서히 달궈지고 있어서 몹시 뜨거웠기 때문이었다.

"끝이 없네, 끝이……!"

용암지대는 갈수록 점입가경이 되어 이제는 흡사 대해를 이루고 있었다.

12시 방향 철문의 경사로에서 봤던 용암은 그야말로 빙산의 일각이었던 것이다.

이렇게 드넓고 강렬한 열기를 지닌 용암지역을 4서클 마법력의 레비테이션 윙으로 통과할 수 있을 리 없었다.

거품이 들끓고 있는 용암의 바다를 내려다보며 채빈은 침을 꿀꺽 삼켰다.

자칫 승강기의 줄이 끊어져 추락하기라도 하면… 거기까지 생각하다 말고 채빈은 두 눈을 질끈 감으며 원판을 부지런히 돌렸다.

콰아아아아아!

순간 들려오는 굉음에 채빈은 자기 귀를 의심했다.

채빈은 곧바로 두 눈을 뜨고 시선을 아래로 향했다.

용암을 뚫고 솟아오른 거대한 형체가 승강기 바로 밑 허공에서 기다란 몸을 뒤틀고 있었다.

그리고는 채빈의 경악이 끝나기도 전에 다시 용암 속으로 처박혀 자취를 감추었다.

'뭐, 뭐지?!'

형태로 짐작하자니 떠오르는 것이 용이나 뱀 따위였다. 그러한 거대 괴물이 저 뜨거운 용암 속에서 살고 있다는 말인가.

'저게 마반사(馬絆蛇)라는 건가?'

섭표에게 들었던 설명을 떠올리며 채빈은 생각했다. 설명과는 달라도 너무 달랐다.

무엇보다 방금 본 거대 괴물은 온몸이 용암으로 뒤덮여 있었다.

강가에 서식하고 물을 좋아한다는 섭표의 설명과는 너무나 동떨어진 모습이었다.

'나 혹시, 지금 엄청난 것을 본 거 아냐?'

천화지 대륙 그 누구도 모르는 전설의 괴수가 모습을 드러낸 것인지도 모른다.

 어쨌거나 채빈은 반갑기는커녕 불안함만 배로 가중되었다.

 자신의 목적은 탐험 따위가 아니라 연호제를 살릴 용혈과를 구하는 것이기에.

 끼이익!

 한참을 움직이며 앞으로 나아가던 승강기가 드디어 멈추기에 이르렀다.

 줄은 더 이상 연결되어 있지 않았다. 원판을 반대로 돌려 본래의 장소로 돌아가는 것 이외에는 더 움직일 길이 없었다.

 그러나 문제는 그게 아니었다. 제대로 된 도착지가 아니었기 때문이다.

 여전히 승강기는 허공에 머물러 있었고, 발밑으로 지상은 까마득히 먼 곳에 있었다.

 '그래도 여기서부턴 용암이 없으니까……'

 용암지대가 끝난 지상을 내려다보며 채빈은 일어섰다.

 시그너스 아머를 착용하고 연계 스킬인 레비테이션 윙을 시전하려던 채빈은 문득 마음을 바꿨다.

 승강기에서 조금 떨어진 허공에서부터 암벽 기둥이 이어져 내려가 있음을 본 것이다.

 '언제 위급한 상황이 올지 모르니까 시그너스 아머는 가능

하면 아껴둬야지. 여기까지 왔는데 몸을 뭘 더 사리겠어.'

채빈은 침착하게 몸을 날려 기둥을 붙잡았다. 울퉁불퉁한 표면이 굴곡으로 넘쳐났고 바싹 말라 미끄럽지도 않았다.

채빈은 어렵지 않게 기둥을 잡고 아래로 내려가기 시작했다.

지상으로 내려서는 일은 그다지 오랜 시간이 걸리지 않았다.

적당한 높이까지 당도한 채빈은 기둥을 놓고 뛰어내려 지상에 가볍게 착지했다.

'여긴 또 어둡네. 랜턴을 켜야지.'

채빈이 백팩에서 랜턴 하나를 꺼내 전원을 밝혔다.

빛줄기를 전방으로 뻗은 순간이었다.

기괴하게 뒤틀린 얼굴이 빛 한가운데에 불쑥 나타났다.

고목처럼 메마른 피부에 한 쪽 눈이 움푹 파인 끔찍한 얼굴.

그 얼굴이 시야 가득 들이찬 순간 채빈은 비명을 지르며 힘껏 주먹을 내질렀다.

"아야야! 아파요!"
"아직도 검사 중이라니요, 네? 선생님. 벌써 몇 시간이나 지났는데 아직도요?"

"팔 좀 놓고 얘기합시다. 기다려 보세요. 최선을 다해서 진료하고 있으니까."

의사는 재경의 손을 뿌리치고 서류철을 들여다보며 자리를 떴다.

재경은 안타까운 눈초리로 의사의 뒷모습을 뒤쫓은 끝에 머리를 감싸며 도로 의자에 앉을 수밖에 없었다.

지금까지 돌아가는 모양새를 보고 재경도 어렴풋이 짐작은 했다.

학계에 보고되지 않은 신종 바이러스라느니 하는 대화가 그녀의 귀에도 들렸던 것이다.

눈앞의 침대에서 연호제는 호흡기를 착용한 채 가쁜 숨으로 몸을 들썩이며 누워 있었다.

―중요한 일이 있어. 당장은 누나한테 다 말하기 어렵지만 아무튼 사정이 그래. 빨리 돌아올 테니까 그동안 이 여자를 좀 봐줘. 누나랑은 또 다른 의미로 나에게 소중한 사람이야.

괴로운 기색이 역력한 연호제의 얼굴 위로 채빈의 얼굴이 겹쳐지고 있었다.

채빈과는 어떤 인연으로 알게 된 여자일까.

재경은 몹시 궁금했지만 지금 문제는 그런 게 아니었다.

침대에 누워 있는 연호제는 당장이라도 숨이 넘어갈 듯 위태로워 보였다.

채빈이 없는 사이에 내 앞에서 이 여자가 죽기라도 한다면… 재경은 그러한 무거운 마음의 짐을 결코 지고 싶지 않았다.

"어?"

연호제의 한 쪽 눈꺼풀이 파르르 떨리고 있었다.

재경이 창백해진 안색으로 얼굴을 바싹 들이밀었다.

연호제의 눈이 떠지면서 두 여자의 시선이 지척에서 마주쳤다.

"정신이 들어요? 제 모습이 보이세요?"

재경이 제 얼굴 위로 손을 휘저어 보였다.

잠시 후, 바싹 마른 연호제의 입술이 힘겹게 열렸다.

"누… 구……?"

"재경이라고 해요. 채빈이랑 가깝게 지내는 누나예요. 아가씨는 성함이 어떻게 되세요?"

재경은 아직 연호제의 이름도 모르고 있었다.

연호제는 재경의 질문에 응하는 대신 질문을 느릿하게 이었다.

"채… 빈… 은……?"

"중요한 일이 있다고 어디 좀 갔어요. 아, 당신이 일어나면 꼭 전해주라고 했어요. 용혈과? 용혈과라는 걸 구해올 테니까 그때까지만 버텨달라고요."

용혈과라는 단어를 들은 연호제가 혼미한 의식 속에서 두 눈에 경련을 일으켰다.

그러한 연호제의 반응이 재경에게는 고통으로 아파하는 모습으로만 비춰지고 있었다.

"조, 조금만 참아요! 선생님 불러올게요. 선생님! 선생님!"

재경이 헐레벌떡 의사를 찾아 자리를 떴다.

연호제는 흔들리는 천장을 올려다보며 가쁜 숨을 몰아쉬었다.

도화지 같은 하얀 천장 가득히 채빈의 모습이 그려지고 있었다.

'용혈과라니, 혈화동으로 갔단 말인가.'

지독한 자괴감이 연호제에게 밀려왔다.

암담함 속에서 연호제는 채빈의 행보를 거듭 짐작해 보았다.

섭표를 통해 혈화동의 정보를 얻었겠지. 그리고 나를 살릴 방도는 용혈과밖에 없음을 깨닫고 혈화동으로 떠난 거야. 그 사이조차 안심이 되질 않아 나를 자기 세계의 병원에 입원시켜 놓고서……

거기까지 생각하던 연호제의 두 눈에 눈물이 그렁그렁 맺혔다.

최소한 채빈이 떠나기 직전에라도 정신을 차렸다면.

그래서 혈화동에 대한 정보를 조금이라도 그에게 전해줄 수 있었다면.

혈화동의 한복판에서 아무것도 모른 채 막무가내로 고군분투하고 있을 채빈의 모습이 연호제는 훤히 보이는 듯했다.

'미안해… 제발 무사히 돌아오기만 하면… 그대를 위해 나는 무슨 일이라도…….'

맺혀 있던 눈물이 가득 고인 끝에 터졌다.

터진 눈물이 뺨을 타고 흘러 베개를 적시기도 전에 연호제의 두 눈이 내리 감겼다.

재경이 의사를 동반하고 돌아왔을 땐 이미 의식을 잃어버린 뒤였다.

제3장

황영

이계
마왕성

출렁이는 용암의 붉은 빛이 아스라이 어둠을 갈랐다.
 어둠 너머 광장의 멀찍한 한구석에 채빈이 있었다.
 땀이 온몸에서 비 오듯이 흐르고 있었다. 용암의 열기로 인해 주위가 무척이나 더운 탓이었다.
 '더워……! 미쳐버리겠네!'
 지구에서 겪은 한여름의 더위도 감히 명함을 못 내밀 찜통이었다.
 사우나에 패딩 점퍼를 입고 앉아 있어도 이렇게 괴롭진 않을 것 같았다.

채빈이 할 수 있는 일은 웃통을 벗고 열기를 피해 바짝 엎드려 앉아 있는 게 고작이었다.

하지만 미쳐버릴 정도의 이 더위도 채빈이 당면한 지금 문제에 비하면 아무것도 아니었다.

채빈은 근심으로 물든 시선을 아래로 내리깔았다.

거기엔 기이한 생김새를 가진 어떤 한 사람이 넝마차림으로 죽은 듯이 누워 있었다.

'빨리 일어나야 할 텐데.'

채빈은 한시가 급한 자신의 상황을 떠올리며 초조함으로 입술을 깨물었다.

빨리 용혈과를 구해서 돌아가 죽어가는 연호제를 살려야 하니까.

그렇지만 정신을 잃은 이 병자를 그냥 방치하고 가버릴 수도 없는 노릇이었다.

양심상 그랬다. 이 사람을 때려서 정신을 잃게 만든 건 다른 누구도 아닌 바로 자기 자신이기에.

갑작스레 나타나서 괴물인 줄 알고 냅큼 주먹을 날렸던 게 화근이었다.

상대는 괴물이 아니라 사람이었다.

한껏 야윈 작은 몸집에 한 쪽 눈이 없는 몰골이 퍽 기괴하긴 했지만, 어쨌든 사람은 사람이었던 것이다.

채빈은 땀에 젖은 얼굴을 박박 문지르면서 성급했던 행동을 가슴 깊이 후회하고 있었다.

어쩌다 이런 곳에 혼자 있는 걸까.

어떤 목적으로 이곳에 들어와 있는 걸까.

채빈은 괴물로 오해할 소지가 충분한 상대를 내려다보며 이런저런 추측을 해보았다.

성별도 나이도 전혀 짐작이 가지 않았다.

콰아아아!

용암 너머 먼 방향 쪽에서 굉음이 한 차례 울렸다.

채빈은 소리가 난 쪽을 돌아보며 생각했다.

아마도 승강기를 타고 들어올 때 보았던 거대 괴물일 것이라고.

아랫배를 내내 울리던 초조함이 제곱이 되어 채빈을 뒤흔들었다.

'이러고 있으면 안 돼!'

이렇게 유유자적 정체도 모르는 자의 병간호나 하고 있을 때가 아니지 않은가.

도대체 어쩌면 좋을까. 채빈은 현실적인 문제와 양심 사이를 저울질하면서 바쁘게 머리를 굴렸다.

그런 끝에 다음 단계로 나아갈 나름의 최선책을 모색했다.

'딱 5분만 더 기다린다. 5분 안에 일어나지 않으면 일단 용

혈과부터 구하러 가야지. 그리고 돌아가는 길에 데리고 나가면 될 거 아냐.'

채빈은 그렇게 결정을 내리고 일어나 흐트러진 옷매무새를 가다듬었다.

그리고 두 눈으로는 어둔 광장을 이리저리 살피며 나아갈 방향을 탐색했다.

덥석!

"헉!"

깡마른 손아귀가 채빈의 바지 자락을 움켜잡았다.

채빈은 깜짝 놀라 아래를 내려다보았다.

한참을 깨어날 줄 모르고 누워 있던 병자가 흐릿하게 두 눈을 뜨고 있는 것이 아닌가.

"저, 정신이 드세요?"

"……."

"아, 맞다. 천화지지. 정신이 드세요?"

채빈이 다시 천화지 대륙 언어로 고쳐 물었다.

병자는 고목 같은 외모만큼이나 바싹 마른 목소리로 힘겹게 대답하는 것이었다.

"피하… 시오."

"피하라고요?"

"저쪽… 으로……."

그렇게 말하며 병자가 앙상한 팔을 뻗어 자기 머리 뒤쪽으로 이끌었다.

채빈의 시선도 상대가 뻗은 팔을 따라 옮겨갔다.

바로 그 때였다.

스스스스슥!

칼날처럼 예리하게 열기를 가르는 소리가 채빈의 등 뒤에서부터 커져왔다.

돌아본 채빈이 입에 거품을 물었다. 여태 지겹도록 겪었던 벌레 떼가 또다시 눈앞으로 몰려오고 있는 것이 아닌가.

"와, 세스코 불러다 방역을 할 수도 없고!"

다만 이번에는 얼음으로 뒤덮인 빙충이 아니었다.

벌레들은 모두 불길로 뒤덮여 있었고 그 크기도 몹시 작아 기껏해야 채빈의 손바닥만 했다.

물론 그렇다고 채빈에게 반길 거리가 되는 것은 아니었지만.

채빈은 즉시 자세를 고쳐 잡고 싸울 태세를 취했다.

그러나 마법의 비전을 머리에 그리려는 찰나 그는 당혹을 느꼈다.

'불 속성이잖아? 파이어 애로우는 안 먹힐 텐데.'

채빈은 지금껏 프라이어와 운디네 두 정령을 통해 속성공격이 얼마나 중요한 것인지 뼈저리게 배워 알고 있는 터였다.

같은 속성의 공격을 퍼부어서 좋은 결과를 얻을 리 없었다.
'뭘 쓰지? 매직 애로우? 라이트닝?'
채빈이 뒤로 한 걸음 물러서며 공격마법을 고민할 때였다.
"밟으시오……."
"네?"
어이없는 표정으로 돌아본 채빈에게 병자가 말을 이었다.
"그냥 밟아 죽이시오……. 그럼 다 죽으니……."
"아, 진짜요?"
채빈이 황망히 앞으로 달려갔다. 그리고는 병자가 일러준 대로 벌레들을 발로 짓밟았다.
과연 병자의 말대로였다. 벌레들은 채빈의 발에 픽픽 으깨지면서 잘도 죽는 것이었다.
젠장, 이렇게 간단했다니. 지금까지의 전투로 필요 이상 긴장을 했던 것일까.
채빈은 머쓱해져 병자를 힐끗거리면서 몰려든 벌레들을 모조리 밟아 죽였다.
"몇 마리만 집어서 저에게 주시오……."
병자의 말에 채빈은 자기 귀를 의심했다.
"이 벌레를요?"
병자가 고개를 끄덕여 보였다.
채빈은 뭘 하려는 것인지 이해되지 않았지만 몸을 숙이고 내키지 않는 손을 뻗었다.

그리고 상태가 그나마 괜찮은 벌레 몇 마리를 두 손가락으로 집어 병자에게 되돌아갔다.

"받으세요."

"일단 피합시다."

"피하다니요?"

채빈이 되물었다. 방금 벌레가 나타나기 직전에 했던 말을 병자는 또 하고 있었다.

병자는 11시 방향의 어둠 끄트머리를 가리키며 대답했다.

"이제 곧 지옥의 불길이 들이닥칠 것이오. 순식간에 재가 되지 않으려면 저쪽의 굴속으로……."

콰아아아아!

병자의 말이 끝을 맺기도 전에 아까보다 훨씬 더 큰 굉음이 용암 저편에서 일어났다.

채빈은 질문을 나중으로 미루기로 하고 즉시 병자를 부축해 일어섰다. 빨리 피하라고 그의 본능이 말하고 있었다.

"여기 바닥으로 들어가시오……."

"여, 여기요?"

채빈은 어둠 속에서 발을 이리저리 뻗어 움푹 파인 지점을 찾아냈다.

그리고 병자를 등에 업은 채 굴속으로 몸을 쏙 들이밀었다.

그러기가 무섭게 정수리 위에서부터 격렬한 열기를 느꼈다.

"으아아~ 악!"

병자의 표현은 전혀 과장이 아니었다. 용암 전체가 뒤집어져 밀려오는 듯한 거대한 불길이 광장에 들이닥친 참이었다.

채빈은 비명을 지르며 병자와 함께 'C' 자 형태의 얕은 굴 밑바닥으로 미끄러져 내려갔다.

"진짜 죽을 뻔했네!"

"놈의 불길이 때때로 이곳 전역을 덮치지요. 하지만 이 굴 속이라면 화마를 피할 수 있소. 게다가 수로가 연결되어 있어서 물도 마실 수 있고."

이제 제법 맞았던 충격에서 벗어난 듯한 병자가 채빈에게 차근차근 설명했다.

"근데 왜 저 위험한 곳에 나가 계셨던 거예요?"

"이것을 구하기 위해서지요."

병자가 자기 손을 들어보였다. 채빈이 가져다 준 죽은 벌레가 그의 손바닥 위에 놓여 있었다.

"그런 벌레를 구하시려고……? 히익?!"

난데없이 병자가 자기 입 안에 벌레를 집어넣었다.

그리고 경악하는 채빈 앞에서 우물우물 씹기 시작하는 것이었다.

채빈이 몸서리를 치며 물었다.

"왜, 왜 그런 걸 드시죠?"

"유일한 식량이니까."

병자는 어디까지나 태연히 대답하고 있었다.

잠시 멍해 있던 채빈은 새삼 궁금해졌다. 이 병자가 어떻게 무슨 사연으로 이런 곳에 머무르고 있는 것인지.

병자는 채빈의 심중을 읽기라도 한 것처럼 자신을 소개했다.

"소인은 황영(黃英)이라 하오."

"아, 네. 사과가 늦었네요. 아까는 정말 죄송했습니다. 갑자기 나타나서서 놀란 나머지 그만……."

채빈의 말에 병자, 황영이 고개를 가로저었다.

"충분히 그럴 만도 하지요. 갑자기 들이닥친 이쪽이 결례했소. 그런데 귀공의 성함은 어떻게 되시는지요?"

"네, 저는 채빈이라고 합니다. 이채빈."

황영이 생소하다는 의미로 하나뿐인 눈을 찡긋해 보였다.

"무림에 몸담은 분은 아니신 듯한데?"

"네. 뭐, 그렇죠. 조용히 지내는 사람입니다."

채빈이 대충 대답을 얼버무렸다. 길게 설명할 의무도 없었고 무엇보다 그럴 시간도 없었다.

채빈은 잠시 잊고 있었던 자신의 목적을 떠올리고 입을 열었다.

"그런데 그쪽은 어쩌다 이곳에 들어오게 되신 건가요?"

채빈의 물음에 황영은 한줄기 쓴웃음을 지을 뿐이었다.

아마도 말하기 싫은 사연이 있는 거겠지 싶어 채빈은 바로 본론으로 들어갔다.

"저기, 제가 여기 들어온 건 용혈과를 구하기 위해섭니다."

"그 정도야 물론 짐작하고 있지요. 소인 역시 그러하니."

"어떻게 하면 구할 수 있을까요? 꼭 구해서 돌아가야 하거든요. 살려야 할 사람이 있어서요."

황영이 외눈을 지그시 감으며 한숨 섞인 목소리로 대답했다.

"아마도 용혈과는 이 광장 너머의 지척에 있을 것이오. 수맥이 시작되는 곳에 놈의 둥지가 있는 것까지는 확인했으니 분명……."

"놈의 둥지요?"

"귀공도 들어오시는 길에 보셨을 것이오. 불길로 뒤덮인 거대한 놈의 모습을."

"네, 봤어요. 그게 마반사죠?"

황영이 고개를 저었다.

"놈은 오래전에 마반사의 모습을 탈피했소. 그보다 훨씬 무서운 존재가 되었지요. 폐쇄된 용암의 갱도에 고립된 끝에,

스스로의 한을 이기지 못하고 혈화사(血火蛇)로 거듭난 것이오."

"혈화사?"

어느덧 황영의 외눈에서 한줄기 눈물이 흘러내리고 있었다.

"소인은 알량한 무력을 과신하고 놈의 둥지로 뛰어들었소. 그 결과가 이것이오. 혈화사의 저주에 걸려 폐인이 되어 하루하루 벌레로 끊지 못한 목숨을 부지하는……."

황영은 쉽사리 말을 잇지 못했다.

채빈은 물끄러미 황영을 바라보고 있다가 자신이 할 수 있는 최선의 말을 내뱉었다.

"일어나시죠. 제가 밖으로 모셔다 드릴게요."

"호의는 고맙지만 사양하겠소. 난 이대로 족하오."

"이대로 족하다니 무슨 말씀이세요? 나가서 치료도 받으시고 그러셔야죠."

"제 몸은 제가 가장 잘 알고 있소. 공력이 깎이면서 생명의 불꽃도 빠르게 꺼져가고 있소. 용혈과 이외에는 치료가 될 저주도 아니니… 얼마 못 견딜 것이오."

"혈화사의 저주라는 게 그렇게 강력한 독이라니……."

채빈의 몸이 부르르 떨리면서 동시에 두 주먹이 으스러지게 쥐어졌다.

두 눈으로는 시체나 다름없는 황영의 모습을 지켜보고 있었다.

이것은 공포였다.

자신 역시 황영과 같은 몰골로 전락할지도 모른다는 불안감이 채빈에게 엄습해 오고 있었다.

공포는 연달아 망설임을 끌어들였다.

자칫하면 연호제를 구하기는커녕 이곳에서 황영과 함께 비명횡사하는 운명에 처하게 될 것이었다.

"어떤 사연으로 귀공께서 용혈과를 찾아 이곳까지 오시게 되었는지는 모르나 부디 이대로 돌아가시기를 권해드리오. 용혈과를 손에 넣으려면 혈화사를 먼저 죽여 없애야 하는데 목숨이 열 개라도 힘들 일입니다."

채빈은 황영의 만류를 한 귀로 들으며 두 눈을 질끈 감았다.

어둠 속으로 각양각색의 표정을 한 연호제의 얼굴들이 아른거렸다.

─그대는 연호제라고 불러주었으면 한다.

─그대에게는 숙제인가. 나를 만나러 오는 것이.

─저 아이들을 보니 생각났거든. 내게도 좋은 언니들이 있었다는 게. 누군가를 동정할 주제도, 성격도 못 되는 나지만 나도 모르게 그만.

―그대에게만은 말하고 싶었다.
―안 돼, 그대를 두고 혼자서는 못 간다.
―절대로 못 가! 그대를 두고 혼자서는 돌아가지 않아!
연호제의 얼굴들이 저마다 채빈에게 말하고 있었다.
그 모든 말들을 하나씩 곱씹어 되새긴 끝에 채빈은 두 눈을 부릅떴다.
역시 이대로 돌아갈 순 없다. 공포를 짓밟고 뛰어나가 반드시 용혈과를 손에 넣고 말리라.
"도와주세요."
채빈이 지금까지와는 다른 결연한 자세로 말을 꺼냈다.
"역시 이대로는 못 돌아가요. 무슨 수를 써서라도 용혈과를 구해야 됩니다. 황영 님이 알고 있는 혈화사에 대한 모든 지식을 알려주세요. 황영 님도 용혈과가 필요하시잖아요."
"……."
"반드시 살려야 할 사람이 있습니다. 무슨 수를 써서라도 살려야 할 소중한 사람이에요. 이대로는 절대 못 돌아갑니다."
여전히 황영은 착잡한 기색으로 말이 없었다. 채빈이 더는 기다리지 못하고 재촉하듯 덧붙였다.
"그리고 죄송하지만 저는 지금 한시가 급합니다. 빨리 구해서 돌아가지 않으면 당장 죽을지도 몰라요."

"…았소."

황영이 자리를 털고 비틀거리듯 몸을 일으켰다.

채빈과 마찬가지로 황영의 낯 위에도 지금까지와는 달리 진중한 분위기가 감돌고 있었다.

채빈이 고집을 꺾지 않을 것임을 그 역시 깨달았던 것이다.

마주선 황영은 채빈의 몸을 위아래로 뜯어보았다. 그리고는 난데없이 손을 뻗었다.

"잠시 실례하리다."

"웃."

황영의 앙상한 손길이 채빈의 복부에 와 닿았다. 이윽고 황영은 손을 거두어들이며 말을 이었다.

"귀공의 무공수위는 1갑자를 조금 넘어서고 있군요."

채빈은 내심 크게 놀랐다. 불과 몇 초 사이에 자신이 가진 공력을 알아맞힐 수가 있다니.

"어찌됐건 놈을 처치하기 위해서는 본래의 모습으로 놈을 되돌려놓아야 하오."

"본래의 모습?"

굴 위를 올려다보며 황영이 고개를 끄덕였다.

"마반사였던 원래의 모습으로. 그렇게 되어야만 비로소 공격이 먹혀들 것이니. 그 과정이 매우 험난하겠지만 말이오."

과정이 매우 험난할 거라는 황영의 설명은 채빈으로 하여

금 맥이 빠지게 만들었다.
 "꼭 그런 과정을 거쳐야 할까요? 그러니까… 혈화사인 지금의 상태라도 힘으로 어떻게든 밀어버릴 수는 없나 해서요."
 황영이 희미하게 웃으며 반문했다.
 "귀공의 힘으로 혈화사를 어떻게 해보시겠다는 것이오? 아, 혹시라도 불쾌하셨다면 사과드리오. 그런 의미의 질문은 아니었소."
 "불쾌하지 않아요. 그리고… 네. 그렇다는 거죠. 지금 황영님은 싸우실 몸이 안 되시니 제가 직접……."
 황영이 웃음 지워진 얼굴로 채빈의 말을 자르며 대답했다.
 "소인의 공력은 4갑자 수위를 넘어섰었소."
 "4갑… 자요?"
 채빈은 뒤통수를 망치로 얻어맞은 듯한 충격을 받고 얼어붙었다.
 4갑자라니, 믿을 수가 없었다. 그런 엄청난 공력을 갖고 있었다고? 그런데도 혈화사를 이기지 못했다고?
 솔직히 채빈은 내심 자신의 힘을 믿고 있었다.
 1갑자의 공력과 4서클의 마나, 그리고 시그너스 아머를 비롯한 각종 무구까지.
 그러나 황영의 말대로라면 혈화사 앞에서 모두 불확실한

힘이 되어버리고 마는 것이다.

채빈은 황영과 시선을 맞춘 채 침을 삼켰다. 믿을 수 없었지만 믿기로 했다.

무엇보다 황영이 이런 상황에서 거짓말을 할 이유도 없었다.

단숨에 공력 수위를 맞힌 것만 봐도 충분히 믿음이 가는 상대였다.

황영이 말을 이었다.

"혈화사인 놈에게 공력은 통하지 않았소. 끝내 놈의 공격에 당해 죽기 직전 소인은 가까스로 수를 써서 위기를 벗어났소. 그리고 수백 일을 갇혀 벌레로 연명해 오던 중 알게 된 거요. 놈의 숨통을 끊을 유일한 방법은 수로뿐이라는 것을."

"수로요?"

"소인을 따라오시오."

채빈은 황영을 따라 굴에서 기어 나왔다. 황영은 용암지대를 등지고 서서 전방의 어둠을 손으로 가리켰다.

"저 앞으로 절벽이 있소. 절벽 위에는 정화된 수맥이 폭포를 이루고 있소. 거기에서부터 시작된 물줄기가 동쪽 비탈을 타고 흘러내려가 수로를 형성하기 시작하지요. 여러 개의 수로는 개미굴처럼 구불구불하게 이어지다가 그중 몇 개는 우리가 밟고 있는 이 땅 밑을 통과해 저쪽 용암지대로 흘러드는 것이오."

 황영이 설명을 하는 동시에 앞으로 걸음을 내딛었다. 채빈도 귀를 기울이며 황영의 뒤를 따랐다.

 "놈의 둥지는 절벽 위 폭포 건너에 자리하고 있소. 용암지대에서 둥지로 돌아갈 때 놈은 물이 끊긴 수로를 이용하오. 물에 몸이 닿으면 결코 안 되니까."

 "그런 주제에 왜 하필 수맥의 폭포 너머에 둥지를 만들었을까요?"

 "그거야 당연히, 용혈과를 지켜야 하니 용혈과가 있는 장소에 둥지를 튼 것이오."

 "아아."

 어느 순간 절벽이 나와 두 사람 앞을 가로막았다.

 황영은 손을 뻗어 울퉁불퉁한 암벽을 짚고 선 채 나직이 말했다.

 "잘 부탁드리오. 미끼 역할은 소인이 맡겠소."

 "미끼요?"

 까마득히 높은 절벽 위를 올려다보는 황영의 외눈이 빛을 발하고 있었다.

 채빈은 그 눈빛에 담겨져 있는 필사의 각오를 짐작하고 크게 심호흡을 했다.

콰아아아아아……!

거칠게 쏟아지는 폭포소리에 두 귀가 멍멍할 정도였다.

채빈은 차가운 물에 몸을 반쯤 숨긴 채 황영이 남긴 말을 되새기고 있었다.

―다짜고짜 미끼로서 몸을 던진다고 놈을 수로로 끌어들일 수는 없을 터. 소인은 용혈과를 훔쳐 수로로 뛰어들 것이오. 놈은 소인을 추격해올 것이고, 수로 속에서 힘이 약해진 틈을 타 승부를 봐야 하오. 귀공과 마찬가지로 소인 역시 시간이 별로 없소. 마지막 남은 안간힘이라도 쓰려면 말이오.

폭포가 흐르면서 만들어낸 강 너머로 너른 대지가 평평하게 펼쳐져 있었다.

황영은 조금 전 채빈을 놔두고 홀로 대지 너머의 어둠 속으로 삼켜졌다.

채빈은 기다렸다가 황영과 혈화사가 수로로 진입하고 나면 뛰어들기로 약속이 되어 있었다.

그런 다음 벽을 무너뜨려 수로를 틀어막고 용혈과를 챙겨 황영과 함께 몸을 피했던 굴로 되돌아가면 되는 것이다.

황영은 수로 중간에서 갈림길을 통해 다른 길로 빠져나온다고 했다.

'말만 들으면 생각보다 너무 간단할 듯한데.'

채빈의 그런 생각은 무리도 아니었다.

이렇게 간단할 줄 알았다면 아픈 황영 대신 자신이 미끼 역할을 하는 편이 좋았을 거라고 후회가 들 정도였다.

채빈은 작전을 개시하기 전에 이러한 생각을 솔직히 말하기도 했다.

하지만 황영은 벽을 무너뜨릴 힘조차 남아 있지 않다며 끝까지 미끼 역할을 자처했던 것이다.

쿠우우우우웅!

'시작이다!'

지면이 뒤흔들리는 굉음과 함께 소란이 시작되었다.

진동은 등 너머에서부터 시작되어 채빈의 발밑을 지나 눈앞의 어둠으로 빠르게 이동했다.

"카아아아아아아아!"

채빈의 두 눈앞에 새빨간 불길이 번쩍 일면서 시야가 탁 트였다.

어둠에 가려져 있었던 너른 대지가 훤히 보였다.

혈화사가 수로 하나에서 머리를 내밀고 뛰어오른 참이었다.

"크윽!"

채빈이 일순 고개를 돌렸다. 차가운 폭포의 물줄기 속에 숨어 있는데도 견디기 버거운 열기였다.

그런데, 그 격렬한 열기의 도가니 속에서 놀랍게도 황영은 견디고 있었다.

"빼앗아 보거라. 네 용혈과가 내 손 안에 있다."

혈화사와 대치한 황영의 손아귀에 공처럼 둥글고 새빨간 열매가 쥐어져 있었다.

둥지에서 떼어낸 용혈과였다.

혈화사는 이제 겨우 목 언저리까지 모습을 드러내고 있었다.

하지만 본디 크기가 너무도 커서 머리만으로 황영을 뒤덮을 정도였다.

"카아아아아아! 크르르르르르!"

혈화사가 불꽃 머금은 콧김을 뿜어내며 황영에게 머리를 들이밀었다.

황영은 조심스럽게 뒤로 걸음을 옮겨갔다.

그 걸음 끝에는 미리 눈여겨보아 두었던 수로의 입구가 자리하고 있었다.

한 걸음, 두 걸음, 세 걸음, 네 걸음… 간격이 좁아질수록 채빈도 조금씩 몸을 일으키며 뛰어나갈 태세를 갖췄다.

"카아아아아아!"

혈화사가 별안간 몸짓도 빠르게 황영에게 달려들었다.

황영이 단숨에 몸을 뒤로 날렸고 채빈도 몸을 일으켰다.

대지를 박차고 나아가려는 채빈의 귀로 황영의 외침이 들려왔다.

"귀공은 용혈과를 가지고 돌아가시오!"

채빈의 몸이 그 즉시 굳었다.

지금 황영이 한 말이 무슨 뜻인지 이해되지 않았다.

그 짧은 의문을 품는 사이에 황영의 몸은 벌써 수로 속으로 삼켜졌다.

혈화사가 뒤이어 머리를 처박았고 그 위로 마지막 공력을 다 짜낸 듯한 황영의 목소리가 쩌렁쩌렁 울렸다.

"죽기 직전 받은 귀공의 호의에 진정으로 감사하오! 수로를 막을 필요는 없소! 시간을 얼마 벌지 못할 것이니 용혈과를 따서 바삐 탈출하시오!"

'맙소사!'

비로소 채빈은 황영이 말한 바가 무슨 의미인지 깨달았다.

자신이 미끼가 되어 희생하는 동안 용혈과를 획득하라는 뜻이 아닌가.

하지만 도대체 왜?

어쨌거나 일단 채빈은 달려갔다.

랜턴을 켜 불을 밝히고 황영과 혈화사를 빨아들인 수로의 구멍들을 건너 계속해서 달려갔다.

그리고 사다리꼴로 파여 있는 구석의 벽에 촘촘히 박힌 서너 개의 용혈과를 발견했다.

채빈은 용혈과들을 모두 따 가방에 집어넣었다. 그 직후 황영이 뛰어든 수로로 향했다.

무릎을 꿇고 들여다보니 검푸른 수면 위로 기포가 부글부글 끓어오르고 있었다.

'나더러 뭘 어쩌라고!'

끓어오르는 기포가 황영의 마지막 숨결이라는 생각이 들자 채빈은 정신이 다 혼미해질 지경이었다.

도대체 그 인간은 무슨 생각을 하고 다짜고짜 일을 벌인 거야?

어디까지가 진실일까.

황영이 말한 혈화사의 약점이라는 건 확실한 걸까.

그리고 이 수로엔 정녕 황영 본인이 말했던 대로 탈출구가 있는 걸까.

채빈은 머리를 쥐어짜며 스스로를 납득시키려 애썼다.

'고민할 필요 없어. 용혈과를 손에 넣었으니 연호제에게 돌아가 버리면 될 일이야. 내가 잘못한 건 아무것도 없잖아. 처음 만난 사람이고 강요한 것도 없어. 시킨 대로만 착실히 이행한 죄밖에 없다고. 누가 이런 짓을 벌이래?

그러나 이해하는 머리와 달리 폭발할 듯 뛰는 가슴은 좀처럼 채빈의 발을 떨어지게 하지 않았다.

채빈은 주먹으로 가슴을 쾅쾅 때리며 고개를 뒤로 젖혔다.

미끼가 되겠다던 황영의 초췌한 얼굴이 보이는 듯했다.
오래도록 뇌리에서 지워지지 않을 거란 느낌이 들었다. 뼈저린 악몽으로서.
"에이, 씨발! 이제 빚지고 사는 건 지겨워! 시그너스 아머!"
기어이 채빈은 고함을 내지르며 수로로 뛰어들었다.
시그너스 아머의 갑옷들이 전신에 달라붙기가 무섭게 그의 몸은 물속으로 삼켜졌다.
콰아아아아아!
급물살이 채빈의 몸뚱이를 밀어붙였다.
롤러코스터를 타는 듯한 아찔한 속도여서 자세를 잡기조차 힘겨웠다.
채빈은 이리 치이고 저리 치이며 구불구불한 수로의 밑바닥을 향해 한없이 빨려 들어가고 있었다.
콰아앙!
'우욱!'
물살이 약해지는 것을 느낄 즈음 채빈은 무엇인가에 몸을 거세게 부딪쳤다.
사방은 심해와 같은 완연한 어둠이었다. 들려오는 소리조차 전혀 없으나 채빈은 느낄 수 있었다.
자신이 부딪친 존재는 틀림없는 혈화사라는 사실을.
'공간이 넓어! 수로의 끝이다!'

거칠게 몸부림치는 혈화사의 몸 한 부위에 매달려 채빈은 생각했다.

황영의 말은 역시 거짓말이었다. 탈출구가 달리 없지 않은가.

이곳에서 생을 마감하려 했던 것이 틀림없었다.

채빈이 용혈과를 챙기기 위한 시간을 벌어주고서 말이다.

그러나 지금은 그러한 사실 여부의 진위를 판가름할 때가 아니었다.

채빈은 무서워지기 시작했다.

어쩔 수 없는 인간의 본능이었다. 눈앞이 보이지 않고 숨을 쉴 수도 없다.

시야와 호흡이 완전히 막힌 상태인 것이다.

이런 상태로 무슨 수를 써서 혈화사를 물리치고 황영을 구할 수 있을까.

콰아앙!

"꾸루루룩!"

가슴을 강타하는 충격에 채빈이 저도 모르게 비명을 지르며 아까운 산소의 상당량을 잃었다.

시그너스 아머를 착용하지 않았다면 즉사했을지도 모를 만큼 강렬한 충격이었다.

곧이어 혈화사의 동체가 몸을 얽매어왔다.

'우우우욱……! 가증스러운 뱀 새끼가!'

채빈이 머릿속으로 다급히 비전을 그렸다.

―홀드!

상대의 몸을 묶어버리는 마법 홀드였다. 그러나 어떻게 된 영문인지 이 마법은 혈화사에게 전혀 먹혀들지 않았다.

―슬립!

잠이 들어버리게 만드는 마법 슬립 역시 결과는 매한가지였다.

내친 김에 텔레키네시스까지 동원했지만 역시 통하지 않았다.

'이유가 뭐야! 숨이 막혀서 비전에 집중을 못해서 이러나?!'

이렇게 되면 남은 방법은 얼마 되지 않았다.

채빈은 묶인 채로 주먹을 치켜들며 공력을 끌어냈다.

보이진 않지만 무슨 수를 써서라도 죽여주마!

―황도보병투!

첫 카드부터 가장 강력한 것을 꺼내들기로 했다. 어차피 절체절명의 제한된 이 상황에서 황도보병투 이상의 카드는 존재하지 않았다.

콰앙! 쾅! 쾅! 쾅!

내공이 담긴 채빈의 두 주먹이 혈화사의 동체 위로 작렬했다.

혈화사는 채빈을 옭아맨 채로 온몸을 마구 뒤틀었다.

채빈의 몸은 알 수 없는 방향으로 쳐올려지고 내팽개쳐지기를 거듭했다.

수압에 눌리는 온몸이 지끈거려왔지만 혼란 속에서도 채빈은 쉼 없이 연타를 내려꽂았다.

'풀어! 풀어달라고!'

콰앙! 쾅! 쾅! 콰아앙!

30연타가 넘어가기 시작하면서 채빈의 숨이 급격하게 가빠왔다. 그럼에도 불구하고 여전히 혈화사의 거친 몸부림은 계속되고 있었다.

물속이라서 위력이 반감되고 있는 것일까.

절망스럽고 두려웠지만 채빈은 연타를 계속할 수밖에 없었다. 이것 말고는 다른 수가 없었다.

콰아앙! 쾅! 쾅! 쾅! 콰아앙!

어느새 생각을 멈춘 채빈의 머릿속이 텅 비었다. 두 주먹만이 기계처럼 연신 연타를 가하고 있었다.

남은 숨은 이제 거의 여분이 없었다.

몸을 죄는 혈화사의 힘은 점점 더 강하게 채빈을 옥죄어오고 있었다.

콰쾅! 콰아앙! 쾅! 쾅! 콰쾅!

50연타가 가까워지면서 채빈은 어렴풋이 느끼기 시작했다.

형체를 알 수 없는 죽음이 다가오고 있음을 알 수 있었다.

죽음의 냄새를 맡는 일 외엔 어떤 것도 느껴지지 않았다.

오직 살기 위해 발버둥치고 있었다.

살아야겠다는 생각만으로 바쁜 지금의 채빈에게 생각하는 일 자체가 사치였다.

콰아아아아아아아아!

다물고 있던 입이 죽음 앞에서 벌어지려는 찰나였다.

채빈의 몸을 얽매고 있던 혈화사의 힘이 느슨해졌다.

그것만으로도 채빈은 얼마간 숨통이 트여 가까스로 정신을 차리고 몸을 뺐다.

그 와중에 어둠 속에서 다가온 두 손길이 난데없이 채빈을 와락 끌어안았다.

'황영?!'

이 앙상한 감촉은 분명히 황영이다!

황영은 채빈을 끌어안은 채로 수로 밑바닥을 향해 헤엄쳐 내려갔다.

어느 순간 채빈은 두 발이 지면에 닿았음을 알았다.

그리고 또 잠시 후 황영의 이끌림 속에서 움푹 들어간 구멍의 감촉을 느낄 수 있었다.

탈출구라는 확신이 섰다.

콰아악!

'크으윽!'

그러나 혈화사는 쉽게 놔주지 않았다. 채빈과 황영의 몸을 한꺼번에 동여매고 위로 끌어올리려 하고 있었다.

채빈은 숨이 막히는 순간에도 울화가 터져버렸다. 연이어 그의 몸에서 황도보병투 50연타를 시전하고 남은 공력이 폭발했다.

—극선풍류 제이초식, 파쇄풍.

콰아아아아아아아아아아!

채빈은 황영을 힘껏 끌어안아 축 속으로 인도한 상태를 유지한 채 맹렬하게 전신을 회전시켰다.

강렬한 선풍이 소용돌이를 일으키며 어둔 물길을 뒤집어 엎기 시작했다. 그 한가운데에서 혈화사의 봉쇄가 일순 약해졌다.

절호의 기회였다.

—시프트!

쿠오오오오오!

시프트에 힘입은 채빈과 황영이 빠르게 하강했다.

혈화사는 끝까지 둘을 붙잡으려 힘을 풀지 않았지만 그것도 잠시, 끝내 승리는 채빈의 것이었다.

채빈과 황영은 기어이 혈화사의 포박을 벗어나 구멍으로 빨려드는 데에 성공했다.

콰아아아아아!

들어올 때와 같은 급물살이 두 사람을 거칠게 밀어붙였다.

이제 숨통이 완전히 막힌 채빈은 입을 벌린 채 있는 대로 들어오는 물을 퍼마시며 밀려나가고 있었다.

퍼어어어엉!

"카아아아아아아아!"

수면 위로 얼굴을 내밀자마자 채빈은 괴성과 함께 물을 한 움큼 토해냈다.

수로 밖으로 기어나갈 기운도 없이 물에 뜬 채로 그는 미친 듯이 숨을 쉬어댔다.

황영도 그 곁에서 마찬가지로 가쁘게 숨을 고르고 있었다.

"학학! 학! 하악! 이게……! 이게 무슨… 하아악!"

채빈은 숨을 쉬느라 말을 제대로 잇지도 못했다.

산소가 이토록 고맙고 반가운 존재였을 줄이야.

채빈은 두 눈에서 눈물이 다 흐를 지경이었다. 살아 있음에 무한한 감사를 느끼고 있었다.

"하아… 하아……! 귀공은 왜… 어째서 도망치지 않은 것이오? 게다가 그 갑옷은 언제 챙겨 입었소?"

"하악! 학! 학! 갑옷은 둘째 치고 당신이, 학! 마음대로 계획을 바꿨으니까! 왜 그랬어요!"

"확실하지 않았소. 물에 들어가면 약해질 것이라는 건 어디까지나 소인의 추측이었으니."

"뭐가 어째요?!"

"이런 몸으로 어찌 그런 걸 확인이나 해볼 수 있었겠소. 그것보다 이럴 때가 아니오. 이제 곧 놈이……."

퍼어어어어엉!

굉음이 두 사람의 대화를 끊었다.

처음 진입했던 수로 쪽에서 물보라와 함께 혈화사가 머리를 쳐들고 있었다.

채빈과 황영이 탈출한 수로는 좁아서 우회해서 나온 것이다.

말과 같은 거대한 잿빛 머리를 치켜든 혈화사. 아니, 불길이 멎은 지금은 마반사의 모습을 하고 있었다.

마반사의 잿빛 표피는 군데군데 비늘이 떨어진 채 크고 작은 상처가 새겨져 있었다.

채빈의 공격에 당해 생겨난 상처들이었다.

물로 흠뻑 젖은 마반사의 전신은 빠르게 마르면서 김을 모락모락 피워 올리고 있었다.

"역시… 완전한 약점은 아닌가."

"무슨 말이에요?"

"보시오. 놈이 혈화사로 돌아가려고 하고 있소. 지금 빨리 공격하지 않으면 두 번 다시는 기회가……!"

"나한테 맡겨요."

채빈은 몸을 날려 물에서 벗어나 지면 위로 섰다.

여전히 거친 심호흡으로 인해 서로 맞물린 시그너스 아머가 연신 철컹거리고 있었다.

"뭘 어쩌려는 것이오! 지금 귀공의 내공 상태로는 마반사를 쓰러뜨리기 힘드니 몸을 피하시오!"

황영이 목청을 쥐어짜며 만류했다.

그러나 투구 속에서 마반사를 노려보는 채빈은 확신이 섰다.

지금이라면 단번에 해치울 수 있을 거라고.

"카아아아아아!"

마반사가 분노의 괴성을 내지르며 채빈에게 머리를 들이대기 시작했다.

채빈은 씁듯이 웃으며 자세를 낮췄다. 그리고 차갑게 내뱉었다.

"그래, 들어와라, 들어와 봐. 어디 한 번 해 봐."

채빈이 커져오는 마반사를 향해 매직 타깃을 걸었다.

황영은 새파래진 안색으로 알 수 없는 이 상황을 지켜보고 있었다.
 황영에겐 다른 방도를 취할 기운이 전혀 없었다.
 콰드드드득!
 "저, 저건 대체?!"
 채빈의 시그너스 아머 전체가 새하얀 냉기로 뒤덮이는 것을 보고 황영이 두 눈을 치켜떴다.
 오로지 무공만이 전부인 천화지에서 평생을 살아온 황영으로서는 놀랄 수밖에 없었다.
 채빈이 하는 짓은 그가 보기에 기괴한 사술 그 자체였다.
 콰드드득! 콰드드드득!
 얼어붙은 시그너스 아머의 표면 전체로부터 수백 개의 얼음송곳이 비죽비죽 머리를 내밀었다.
 순식간에 은백색의 고슴도치가 된 채빈이 두 팔을 교차시킨 채 한 쪽 무릎을 꿇었다.
 ―프로스트 바!
 파바바바바바바바바바밧!
 얼음송곳들이 일시에 채빈의 몸에서 발사되어 허공 높이 솟아올랐다.
 연이어 수백 개의 얼음송곳들은 앞다투어 급강하하여 마반사의 전신으로 파고들었다.
 콱! 콱! 콰콰콱! 콰콰콱! 콱콱! 콰콰콱!

"쿠오오오오오오오오오!"

고막이 나가버릴 듯한 마반사의 절규가 터져 나왔다.

정수리, 콧잔등, 두 눈, 입과 목 언저리를 구분할 것 없이 마반사의 온몸에 얼음송곳이 사정없이 처박히고 있었다.

"쿠오오오오! 카아아아아아아!"

마반사가 땅을 꺼뜨릴 정도로 몸부림을 쳐댔다. 그러더니 애처롭게도 엉거주춤 몸을 돌려 방금 나왔던 수로 속으로 들어가려 했다.

"어딜 도망가!"

채빈이 지면을 박차고 달려 나갔다.

다 잡은 놈을 이대로 놓칠 수는 없었다.

가장 강력한 한 방을 선사하려 날아오른 채빈의 두 다리 가득히 남아 있던 내공이 모조리 실렸다.

─황도백양각!

콰콰콰콰콰콰콰쾅!

황도백양각을 시전하며 날아가는 채빈은 당연히 황영의 표정을 확인할 수 없었다.

입을 찢어져라 벌린 채 경악을 감추지 못하는 황영의 얼굴을, 황영의 부릅뜬 시야 속에서 채빈의 발끝이 마반사에게 가닿았다.

콰아아아아아아아앙!

마반사의 목울대가 직통으로 뚫렸다.

일자로 구멍을 파 버리고 후미로 착지한 채빈이 마반사를 돌아보았다.

마반사는 비명도 없이 거대한 머리를 부들부들 떨어대고 있었다.

그리고는 끝내 시드는 꽃잎 줄기처럼 천천히, 바닥으로 떨어져 널브러지고 말았다.

이어지는 건 완전한 침묵이었다.

'이겼다.'

채빈은 비로소 안도감을 되찾고 길게 숨을 뽑아냈다.

문득 시선을 느껴 고개를 돌리니 동그랗게 두 눈을 치켜뜬 황영이 보였다.

채빈은 씩 웃어 보이며 속으로 말을 전했다.

과정이 어찌되었건 간에 당신 덕분에 이길 수 있었다고. 도와주셔서 감사하다고. 좋은 친구가 되었으면 좋겠다고.

채빈과 황영은 암로를 통해 혈화동을 빠져나왔다.

채빈이 들어왔던 정면 입구의 서쪽에 위치한 또 다른 암로였다.

그리고 잠시 후.

'맙소사……!'

물 밖으로 나온 지가 한참 전인데 채빈은 또다시 숨이 턱 막히고 말았다.

불과 조금 전까지만 해도 황영과 좋은 친구가 되었으면 좋겠다고 생각했었다.

하지만 지금, 용혈과를 섭취하고 혈화사의 독에서 벗어난 황영을 보자 그런 생각은 삽시간에 사라지고 말았다.

황영은 다름 아닌 여자였다.

그것도 무려 무척이나 아름다운 여자였다.

푸석푸석했던 머리칼에 고목처럼 메마른 피부의 기괴한 몰골은 온데간데없었다.

윤이 흘러 찰랑거리는 흑발에 백옥처럼 눈부신 피부의 단아한 미인이 조금 수줍은 듯이 모로 서 있을 뿐이었다.

입고 있는 넝마조차도 그녀가 입고 있으니 무한한 광채를 발하는 듯했다.

"정말… 고맙소."

황영이 허리를 깊이 숙여 감사를 표했다.

채빈도 허둥지둥 그에 맞춰 허리를 숙여 보이며 대답했다.

"아, 아니요. 제가 고맙습니다."

"귀공 덕분에 이 하찮은 목숨을 부지할 수 있게 되었으니 어찌 이 은혜를 다 갚을 수 있겠소."

"무슨 그런 말씀을. 같이 잘 헤쳐 나온 거죠."

그렇게 대답하는 와중에 비로소 채빈은 그녀의 말투가 부자연스럽다고 생각했다.

어쨌거나 여자의 어투가 아니었으니까.

연호제보다도 더했으면 더했지 못하지는 않다는 느낌이었다. 도대체 왜 이런 말투들을 쓰는 것일까.

"귀공께서 수로로 뒤따라 들어와 주지 않았다면 소인은 영락없이 익사했을 것이오. 귀공의 공격 덕택에 놈의 포박에서 벗어날 수 있었던 것이니까."

"어쨌든 정말 놀랐습니다. 왜 그런 일을 하셨어요."

"……."

"만약 그렇게 해서 제가 용혈과를 가지고 나갔어도 마음이 편할 리가 없잖습니까."

"진심으로 사과드리오. 귀공께서 용혈과가 얼마나 절실하신지 느꼈기에 모두 죽느니 탈출할 여력이 충분한 귀공께 기회를 드리려고……."

"같이 탈출하려고 했으면 됐잖아요."

"우리의 힘으로는 이겨낼 수가 없을 것 같아서… 귀공께 그러한 힘이 있었는지도 전혀 몰랐으니 말이오."

황영의 그 말은 채빈을 얕보았다는 의미가 아니었다.

채빈이 보인 시그너스 아머를 포함한 마법 기술들을 두고 한 말이었다.

　채빈도 그 심중을 단박에 느꼈기에 재빨리 화제를 돌리려 했다.

　무슨 말을 어떻게 해도 이계의 문물을 현지인에게 온건히 납득시키기란 힘겨우니까.

　"그건 그렇고 그……."

　무심코 채빈의 시선이 그녀의 한 쪽 눈으로 갔다.

　여전히 황영의 한 쪽 눈은 비어 있었다. 눈꺼풀을 내리고 있었지만 충분히 알아볼 수 있었다.

　채빈의 시선을 느낀 황영이 싱긋 웃고는 그 눈을 가리며 대답했다.

　"눈은 원래 이랬으니 신경 쓰지 마시오."

　"아아, 그렇군요. 아, 죄송합니다. 제가 괜히."

　"아니오, 소인이 그만 흉한 모습을 보여드리고 말았소."

　"흉하긴요. 아닙니다."

　잠시 어색한 정적이 흘렀다.

　침묵을 깨고 황영이 먼저 말을 꺼냈다.

　"그런데… 다른 건 차치하고라도 그건 어디서 익히셨소?"

　"네? 뭘요?"

　"귀공이 사용한 황도십이류의 무공 말이오."

결국은 또 이렇게 이야기가 흘러드는구나.

항상 이럴 때면 뭐라고 대답해야 할지 난감한 채빈이었다.

진중하게 대답을 기다리고 있는 황영 앞에서 채빈은 침묵한 채 머리를 긁적이고만 있었다.

채빈이 좀처럼 말할 기미가 없자 황영은 결국 표정을 풀고 웃어보였다.

물어보고 싶은 것이 산더미처럼 남아 있었지만 그 미련마저 억누른 채로.

"사연이 있으실 터, 억지로 말씀하실 필요는 없소."

"아니요, 사연이라기보다는 그냥 좀 복잡해서……."

대충 말끝을 흐리며 채빈은 시간을 확인했다.

대화하기도 어려워진 참에 이제 슬슬 이별을 고하고 연호제에게로 돌아갈 생각이었다.

그 때, 황영이 한 걸음 다가오며 소리치듯 말했다.

"꼭 부탁이 있소!"

"네? 네, 말씀하세요."

채빈이 얼떨결에 흠칫 몸을 떨며 대답했다.

황영이 또 한 걸음을 다가와 채빈의 지척에 섰다.

"다급히 돌아가셔야 함을 알고 있으니 길게 말씀드리지는 않겠소. 언젠가 저를 꼭 한 번 찾아와주실 수 있겠소?"

"찾아오라고요?"

황영이 힘차게 고개를 끄덕였다.

"반드시 은혜를 갚고 싶소. 소봉호 북쪽에 풍정이라는 객점이 있소. 주인에게 저를 찾아왔다고 말씀하시면 될 것이오."

듣고 보니 별달리 어려운 부탁도 아니었다.

추후 시간이 나면 얼마든지 찾아가 볼 수도 있는 일이었기에 채빈은 간단히 그녀의 청을 수락했다.

"알겠습니다. 나중에 꼭 한 번 들를게요."

"꼭 오셔야 하오. 꼭."

"알았어요."

"약조해… 주시오."

"네? 약조요?"

"그렇소. 귀공께서 꼭 저를 찾아오시겠다는 약조. 무엇이라도 좋소."

의외로 황영은 간단히 물러서지 않는 모습이었다.

채빈은 정확히 결론내릴 수는 없었지만 어쩐지, 이런 모습은 역시 여자구나 싶은 생각을 했다.

뺨이 발그레 물든 것만 봐도 그랬다.

'약조라니, 뭘 줘야 하나?'

문득 주머니를 뒤적거려 보니 500원 짜리 동전 하나가 손

끝에 잡혔다.
　채빈은 동전을 꺼내 황영에게 건넸다.
　"그럼 이거라도……."
　"이건 무슨 엽전이오?"
　"그냥 제가 예전에 기념으로 만든 겁니다."
　"아아."
　황영은 두 손으로 동전을 받아 들고는 귀한 보물 다루듯이 옷 앞섶으로 감쌌다.
　포동한 입술은 부드러운 미소를 띠고 있었다.
　"기다리고 있겠소. 찾아오실 때까지."
　"네, 꼭 간다니까요."
　"이제 안심이 되오. 시간을 지체시켜 미안하오. 이제 어서 떠나시오."
　"황영 님은요. 돌아가실 수 있겠어요?"
　"제 걱정은 마시고 어서 먼저 가시오."
　"알겠습니다. 그럼 먼저 갈게요. 나중에 또 봬요."
　채빈은 돌아서서 한 방향을 향해 뛰었다.
　그러다가 다른 출구로 나왔음을 깨닫고 다시 스포츠카를 세워 두었던 방향을 향해 달렸다.
　'할아버지는 언제 저런 제자를 두신 걸까.'
　채빈의 모습이 완전히 사라질 때까지 황영은 내내 그 자리에 서서 눈으로 전송하고 있었다.

  손 안의 500원 짜리 동전을 꼭 쥔 채로. 입으로는 이채빈이라는 이름 세 글자를 연신 되짚으면서.

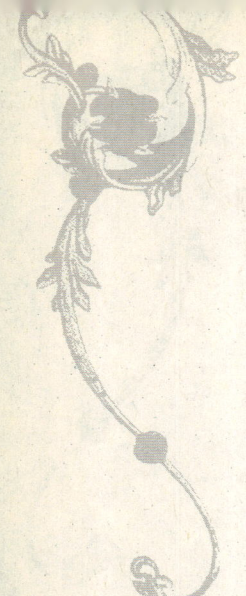

이계
마왕성

환자의 주위로 하얀 가운의 의료진들이 달려들고 있다.
환자는 핏기 없는 창백한 안색의 젊은 여자다.
땀에 젖은 긴 머리칼이 베갯머리 위로 이리저리 흩어져 있고 거대한 산소마스크가 작은 얼굴의 태반을 뒤덮고 있다.
죽은 듯 혹은 자는 듯이, 두 눈은 좀처럼 떠질 기미가 보이지 않는다.
환자의 곁에는 간병을 맡고 있는 여자가 서 있다. 그녀는 불안한 눈초리로 의료진들의 잔뜩 심각해진 분위기를 허둥지둥 살피고 있다.

몇 마디 말이 의료진 사이에 오간다. 이야기를 들은 여자의 표정이 몹시 불안해진다.
　알아듣지 못할 의학용어를 남발하고 있지만 환자의 경과가 좋지 않음을 분위기로 쉽게 파악할 수 있다.
　의료진들의 손길이 빨라지기 시작한다.
　의료기기의 신호음도 빨라진다.
　간병을 맡은 여자의 시선이 기기의 액정으로 간다. 환자의 심장박동수치가 빠르게 줄어들고 있다.
　의사가 환자의 심장 부근을 연거푸 압박한다. 그리고 전기충격이 시작된다.
　급박한 의사의 표정은 이것이 최후의 수단이라는 사실을 똑똑히 밝히고 있다.
　전기충격이 일어날 때마다 환자는 축 늘어진 몸을 반사적으로 튕겨댄다.
　충격 한 번에 한 대의 갈비뼈가 부러져 나간다.
　간병을 맡고 있는 여자는 고개를 돌리고 만다. 뼈가 으스러지는 그 소리, 그건 대답이라고 할 수 없다.
　충격 속에서 몸을 튕기던 환자가 은연히 두 눈을 뜬다.
　환자의 가느다란 시야 속으로 급박한 풍경이 들어온다.
　모든 움직임이 자기 자신을 향해 전개되고 있음을 느낄 수 있다.

이제 곧 자신이 죽게 될 운명임을 환자는 깨닫는다.
복수를 끝맺지 못한 것에 대한 안타까움은 신기하게도 전혀 느껴지지 않는다.
그런 것보다는 그저, 한 사람을 보고 싶다. 죽기 전에 마지막으로 한 번만 보고 싶다.
하지만 그 소원을 이루기에 이제는 남은 시간이 없다.
안녕…….
환자는 두 눈을 내리감으려고 한다.
그 순간.
닫히기 직전 환자의 시야 속으로 한 남자가 치달아온다.
환자의 시선이 남자에게로 향한다.
간호사 서넛이 남자에게 달라붙는다.
남자는 거칠게 그들을 뿌리치고 환자에게 달려온다. 그리고 주머니에서 무엇인가를 꺼내며 고래고래 소리쳐 말한다.
남자가 주머니에서 꺼낸 것을 환자의 입 안에 억지로 넣는다. 그리고 억지로 입을 다물게 한다.
환자는 무의식적으로 입 안에 들어온 그것을 꿀꺽 삼켜버린다.
환자의 두 눈에는 눈물이 고인다.
뿌옇게 번진 눈앞에 남자는 그대로 머물러 있다.
그래서 환자는 웃는다. 마지막으로 한 번만 보고 싶다는 소원이 이뤄진 것이다.
 이제 죽어도 여한이 없다고 생각하면서 환자는 서서히 잠이 든다.
 '안녕.'

 시간은 정오가 되었다.
 한껏 높아진 태양의 따스한 햇살은 창문을 통해 흘러들어 작은 방 구석의 침대 위까지 와 닿았다.
 그리고 거기에 곤히 잠들어 있던 여자를 깨웠다.
 '음······?'
 미약한 신음을 흘리며 두 눈을 뜬 여자는 연호제였다.
 가장 먼저 일어난 감각은 극심한 갈증이었다. 입 안은 물론 혀끝에 닿는 입술도 바싹 메말라 있었다.
 연호제는 땀에 젖어 뺨에 붙은 머리칼을 쓸어내고는 상체를 일으켜 앉았다.
 '이곳은······?'
 연호제로서는 낯설기만 한 작은 방 안이었다.
 입고 있는 헐렁한 셔츠와 바지도 자신의 옷이 아니었다.
 이리저리 둘러보던 그녀는 침대 머리맡 부근에서 시선을 멈췄다.
 작은 사이드 테이블 위에 반으로 접힌 종이 한 장이 놓여 있었던 것이다.

 연호제는 종이를 집어 눈앞에 펼쳤다.

 종이에 적힌 글의 첫 줄을 읽자마자 그녀의 두 눈이 동그랗게 커졌다. 채빈이 남기고 간 편지였다.

 ─혹시라도 내가 없는 사이에 일어나게 될 것 같아서 메모를 남긴다.

 가능하면 네가 이걸 읽기 전에 돌아올게. 하지만 내가 돌아오기 전에 일어났고 그래서 이미 메모를 읽고 있다면 이해하고 미안.

 섭표 아저씨가 너무 걱정하실 것 같아서 선하촌에 좀 다녀오려는 거야.

 가서 너 치료 끝났고 괜찮다는 이야기만 하고 바로 돌아올 테니까 쉬고 있어.

 몸 걱정은 하지 마.

 용혈과 먹었으니까 이제 아무렇지도 않을 거야.

 그래도 아직은 너무 심하게 움직이면 안 돼.

 이쪽 병원에서 치료의 일환으로 전기충격이라는 걸 좀 했나본데 그거 때문에 네 갈비뼈가 몇 대 부러졌다.

 간밤에 힐 마법으로 어지간히 붙여놓긴 했는데 그래도 아직은 조심하고 있어야지.

어쨌든 금방 가니까 걱정마라. 부엌 주전자에 보리차 끓여 놨으니까 마셔.

그리고 배고프면 솥 열어봐. 죽 조금 끓여놨으니까 먹으라고.

'이채빈······!'
온갖 감정이 몰아쳐와 편지를 잡은 두 손이 부들부들 떨려왔다.

연호제는 손을 무너뜨리듯 내려 자신의 가슴 위에 얹어 보았다.

심장이 그 자리에서 기운차게 뛰고 있었다.

여느 때보다도 뜨거운 체온을 내뿜고 있었다.

살아남게 된 것인가.

채빈이 기어이 용혈과를 구해다 준 것인가.

연호제는 자신이 살아나게 될 거라고 기대하지 않았었다.

채빈을 믿지 못한 탓에 그렇게 체념을 했던 건 아니었다.

오히려 따지자면 채빈은 지금 그녀의 인생에서 가장 신뢰할 수 있는 사람 중 하나였다.

다만, 그녀는 채빈이 용혈과를 구해올 수 있을 거라고 차마 믿지 못했을 뿐이었다.

연호제가 믿지 못했던 이유는 간단했다. 자신에게는 혈화동이 던전이지만 채빈에게는 아니기 때문이다.

채빈에게 혈화동은 천화지 대륙의 한곳에 존재하는 위험천만한 마굴일 뿐이었다.

혈화동에 대한 사전 정보가 채빈에게 있었을 리도 없었다.

게다가 죽어가는 자신을 생각했다면 시간을 두고 공략할 마음의 여유 따위도 없었을 것이다.

그럼에도 불구하고 채빈은 기적을 일구어냈다.

가족을 위하는 일이라고 해도 쉽지 않을 위험천만한 모험을, 한낱 이세계의 생판 남일 뿐인 자신을 위해 선뜻 감수한 것이다.

톡.

쌀알만큼 작은 한 방울의 눈물이 손목 위로 톡 떨어졌다.

등줄기에 가느다란 전율이 일었다.

더불어 목이 메어왔다. 가슴 속 밑바닥에서부터 솟구쳐 오르는 이 뜨거운 감정이 무엇 때문인지 연호제는 정의할 수 없었다.

몇 분을 그렇게 가만히 울음만 삼켰다.

잊고 있었던 갈증이 조금씩 밀려들어왔다.

연호제는 비틀거리듯 주방으로 가 주전자의 보리차를 한

컵 따라 마셨다.

시원한 찻물이 목젖을 적시고 정신이 맑아져왔다.

그녀는 비로소 자신의 단전을 내려다보고 확인할 여유를 되찾았다.

'그렇다면 이제 내게 힘은 남아 있지 않은 거겠지.'

용혈과의 효능이라면 연호제가 당연히 잘 알고 있었다.

용혈과는 단순한 치료약이 아니었다.

타고난 신체적 기운을 제외하고는 섭취한 자의 거의 모든 힘을 삭제해버리는 무식하고 단순한 약재인 것이다.

그 힘이 좋은 것이든 나쁜 것이든 상관없이.

루이제로부터 받은 극독과 함께 그간 쌓아왔던 내공도 지워졌을 것이란 판단은 무리도 아니었다.

그런데 뭔가가 이상했다.

익숙한 기운이 살아 움직이고 있었다. 오래도록 극독과 싸워 한계까지 지쳐버린 육체 안에서 그 기운은 여전히 활발한 흐름을 보이고 있었다.

단전에 손을 가져다 댄 순간 연호제는 확신했다.

이 기운은 분명히 공력이다!

이제 막 잠에서 깨어난 듯 미약했으나 이 기운은 분명히 공력이었다.

상식대로라면 사라지고 없어야 할 내공이 고스란히 남아

있는 것이다!

이것이 어찌된 영문일까.

채빈이 용혈과가 아닌 다른 영약이라도 구해다준 것일까.

연호제는 자신이 잘못 읽었나 싶어 채빈이 남긴 편지를 다시 확인해 보았다. 그러나 편지엔 분명하고 또렷한 글씨로 용혈과라고 적혀 있었다.

연호제는 침대를 벗어나 방 한가운데로 가 섰다. 한 번 시험해 보면 알 일이었다.

갈비뼈가 부러져 욱신거리는 옆구리를 감싼 채 그녀는 몸 안의 공력을 조심스레 끌어올려 보았다.

쿠우웅……!

역시나 착각은 아니었는가.

공력이 끓어올라 연호제의 전신을 휘감고 있었다.

연호제는 사뭇 흥분한 기색으로 입술을 실룩이며 보다 강하게 공력을 끌어올려 보았다.

그에 맞춰 반응이 왔다. 집중할수록 더욱 거세게 반응하고 요동쳤다.

연호제의 입가에 한 줄기 안도의 미소가 그려지고 있었다.

쿠웅!

"우웁?!"

공력을 반절가량 끌어올렸을 무렵이었다.

명치 언저리에서 묵직한 감각이 일었다.

작은 덩어리가 생겨나 꽉 처박힌 것처럼 숨이 막히고 가슴이 갑갑해져 왔다.

이윽고 명치 속의 그 덩어리는 식도를 타고 역류하기 시작했다.

'크으웁!'

연호제는 왈칵 토하고 싶은 충동을 느꼈다.

급기야 손을 들어 입을 틀어막기도 전에 그 '덩어리'는 목젖을 뚫고 그녀의 입 밖으로 빠져나왔다.

'하아… 이, 이건 설마?'

연호제는 젖은 입가를 닦을 여념도 없이 반쯤 풀린 눈으로 코앞의 허공을 바라보았다.

방금 그녀가 토해낸 작은 구슬이 은은한 빛으로 휘감긴 채 허공에 두둥실 떠 있었다.

이 구슬은 분명 본 적이 있었다. 드미트리의 룰렛을 돌릴 때 보았던 운명의 구슬이었다.

오로지 복수, 복수, 복수……. 피비린내 나는 자신의 신념과 운명을 올곧이 담아둔 바로 그 구슬이었다.

연호제는 손을 뻗어 구슬을 손 안에 쥐어 보았다.

그러자, 형언할 길은 없었지만 느낄 수 있었다. 손바닥을 통해 구슬 속에 담긴 정보가 전해져 오고 있었다.

'아니다.'

운명의 구슬이 아니었다. 마왕성을 통해 지금껏 쌓아온 공력이 오롯이 담겨져 있는 힘의 구슬이었다.

그래서 연호제는 일단은 안도했다.

만약 이 구슬에 자신의 운명이 담겨져 있었다면, 그러한 구슬이 몸 밖으로 빠져나온 거라면 마왕성의 대리자 자격을 박탈당했다는 의미 아닌가, 하는 식의 생각을 하고 있었기 때문이다.

손바닥 위의 구슬을 지그시 내려다보며 연호제는 생각에 잠겼다.

본디 용혈과로 인해 삭제되었어야 할 힘이다.

그러나 마왕성의 가호가 작용하기라도 한 덕인지 완전히 사라지는 대신 이렇게 구슬의 형태로나마 남은 것이다.

힘이 완전히 사라진 것이 아니라는 건 확실해졌다.

하지만 그렇다고 문제가 끝난 것은 아니었다.

지금 막 공력을 제대로 사용해 보려고 했더니 몸이 마비되면서 구슬을 토해버리는 부작용이 발생하지 않았는가.

신체가 중독의 후유증을 아직 벗어나지 못한 탓일까.

어쨌든 용혈과는 또 다른 문제를 낳은 듯했다.

연호제는 재차 시험해보기 위해 구슬을 도로 꿀꺽 삼켰다.

그리고는 호흡을 가다듬어 공력을 끌어올렸다.

방금 전보다 한결 조심스럽게 신중을 기해서, 침착하게.

쿠우웅!

"크읍!"

결과는 마찬가지였다.

아니, 오히려 이번엔 더했다.

구슬을 토해내는 것은 물론이고 각혈까지 해버리고 말았다.

연호제는 무릎을 꿇듯 털썩 주저앉아 뒤틀리는 가슴을 붙잡았다.

거친 숨결 속으로 비릿한 피 냄새가 섞여 나왔다.

하얀 채빈의 셔츠 앞자락이 붉게 물들고 있었다.

저벅저벅.

연호제의 두 귀가 쫑긋 섰다.

바깥에서 인기척이 일고 있었다.

누군가가 층계를 밟아 오르는 소리였다.

소리는 연호제가 있는 방 쪽으로 점차 가까워 오고 있었다.

연호제는 급히 구슬을 손에 쥐고 몸을 일으켰다.

평소의 그녀였다면 바로 기척을 읽었을 것이다. 하지만 심신 양면이 한껏 지쳐버린 지금은 전혀 알아채지 못하고 있었다.

발소리의 간격과 무게를 짐작한 바 채빈은 아니었다.

철컥!

금세 현관문에 열쇠 꽂히는 소리가 들렸다.

생각할 겨를도 없이 연호제는 구슬을 입에 도로 넣었다.

문이 열린 것과 연호제가 구슬을 삼킨 순간은 정확히 일치했다.

"아, 일어나 계셨어요?"

열린 문을 통해 들어선 사람은 재경이었다.

한 손에는 이것저것 식료품들이 가득 든 커다란 봉지가 들려져 있었다.

연호제는 단번에 재경을 알아보았다.

병원에서 사경을 헤매다가 무의식중에 눈을 뜬 적이 있었는데 그때 가장 먼저 보였던 것이 재경의 얼굴이었다.

연호제는 그런 마음을 표정에 드러내지는 않았지만 마음보다 솔직한 몸은 알아서 경계심을 풀고 축 늘어졌다.

재경이 어떤 사람인지 여부를 떠나 적이 아니라는 사실만큼은 분명하기에.

"피, 피잖아요?!"

재경이 연호제의 입가와 셔츠에 묻은 핏물을 보고 신발을 급히 벗어던졌다.

연호제는 괜찮다는 의미로 몸을 일으키며 손사래를 치려고 했으나 현기증을 느끼며 비틀거렸다.

모로 쓰러지려는 그녀를 재경이 아슬아슬하게 부축했다.

"아직도 몸이 다 나은 게 아니잖아요! 자, 잠시만요. 제가 다시 병원에 전화해서 구급차를……!"

재경이 다급히 핸드폰을 꺼내 들었다.

연호제가 그 팔을 살포시 붙잡았다.

그리고는 고개를 좌우로 저어 보이며 부정확한 발음의 한국어로 말했다.

"이것은 아픈 것이 아닙니다."

"네?"

"아프지 않습니다. 쓰지 마십시오, 신경."

"죄송한데 뭐라고 하시는 건지 잘……."

"실수로, 입 안을, 깨물었습니다. 그래서 났습니다, 피가."

"깨문 거라고요? 정말로요?"

"정말입니다. 아픈 것이, 아닙니다. 정말로."

연호제가 입가의 핏물을 닦으며 단어 하나하나에 힘을 주어 말했다.

순간 재경의 뇌리에도 한 가지 스쳐가는 기억이 있었다.

이 어설프고 억양에 맞지 않는 문법의 목소리를 언젠가 분명히 들은 적이 있었다.

'아, 예전에……'

잠시 생각하던 재경은 채빈과 세만과 셋이서 함께 저녁을 먹었던 언젠가의 기억을 떠올릴 수 있었다.

당시 채빈은 식사 중 화장실에 갔었는데 그 사이에 채빈의 핸드폰이 울려서 재경이 대신 받았었다.

바로 그때 들었던 여자의 목소리와 꼭 같았다.

'이 여자였구나.'

재경은 새삼스런 눈길로 연호제의 얼굴을 샅샅이 훑어보았다.

서글서글한 자신과는 상반된 차갑고 건조한 인상. 병석에 누워 있는 모습을 봤을 때도 생각했던 점이지만 참 예쁜 얼굴이었다.

그 아름다움은 병색이 만연한 지금 이 순간에도 서늘하게나마 빛을 발하고 있었다.

―누나와는 다른 의미로 소중한 사람이야.

채빈이 연호제를 맡길 때 재경에게 한 말이었다.

재경은 불현듯 그 말의 진위가 궁금해졌다.

다른 의미의 소중함이라는 게 어떤 것인지. 남녀 관계의 소중함을 말하는 것인지, 혹은 단순한 우정을 뜻하는 것인지.

남녀 관계든 우정 관계든 어느 쪽이 자신이고 어느 쪽이 이 여자인지.

"실례지만 저기, 한국인 아니시죠?"

재경이 고개를 살짝 기울여 눈을 맞추고 운을 뗐다.

연호제가 두 눈을 치켜뜨는 때를 기다려 재경은 말을 이었다.

"별 뜻은 아니고요. 말씀하시는 억양을 들으니까 외국 분 같으셔서요. 사실 제가 요전에 전화도 한 번 대신 받은 적이 있었는데 그때 그 분 같으신데… 채빈이가 외국인 친구 분이라고 했었거든요. 저기, 유학이나 어학연수 같은 걸로 한국에 오신 거예요?"

재경의 말이 두서없이 이어졌다.

연호제는 잠자코 대답하지 않았다.

함부로 둘러대기가 애매했다.

채빈과 재경 두 사람이 어떤 사이인지 정확히 알지 못하고 있으니까.

자칫 말실수를 해서 채빈의 입장을 곤란해지게 만들고 싶지는 않았다.

연호제가 좀처럼 말할 기색이 없자 재경은 민망한 웃음을 보이며 에둘러 사과했다.

"죄송해요, 피곤하신 분께 괜히 쓸데없는 걸 여쭤봤어요. 그리고 자기소개도 안 했네요. 저는 재경이라고 해요. 채빈이랑 알고 지내는 누나예요."

연호제가 살짝 고개를 까닥여 목례했다. 여전히 말은 없었다.

정적 속에서 시계소리만이 시끄럽게 연달아 울리고 있었다.

'미치겠네.'

거북한 분위기 속에서 재경은 숨이 막혔다.

생판 초면이나 다름없는 여자와 단둘이 좁은 방 안에 앉아 있는 일만 해도 힘든데 거기다 아무 말도 하지 않고 있으려니 불편하기 짝이 없었다.

걱정이 돼서 와 본 거긴 하지만 괜히 왔다는 후회마저 일고 있었다.

"에휴, 채빈이는 청소도 안 하나? 집 꼴이 이게 뭐야."

어색함을 견디다 못한 재경이 일도 없이 일어나 주변을 두리번거렸다.

그러다가 가스레인지 위의 솥을 발견하고 다가가 뚜껑을 열었다. 차갑게 식은 쌀죽이 솥 안 가득 담겨 있었다.

"어머나, 채빈이가 죽을 다 해놨네요. 일어나셨으니 간단하게 식사 좀 하셔야죠."

재경은 침묵으로 어색하던 차에 마침 잘됐다고 여기며 조금 유난스럽게 말했다.
　연호제는 침대 모서리에 아픈 몸을 고쳐 기대며 사양했다.
　"감사합니다. 하지만 배고프지 않습니다."
　"안돼요. 아픈 사람이 굶으면. 금방 데울게요."
　재경이 더 듣지도 않고 가스관의 밸브를 돌렸다.
　거센 화력의 불길이 솟구쳐 솥 밑을 휘감았다.
　재경은 연호제를 등지고 서서 하릴없이 싱크대의 곳곳을 행주로 닦으며 미적거렸다.
　싱크대는 몹시 깨끗한 상태여서 청소할 구석도 없었지만 재경은 손을 멈추지 않았다.
　연호제와 마주앉아 있느니 서서 일이라도 하는 척이 편했다.
　"감사합니다."
　"감사는요 무슨, 다 만들어진 죽 데우기만 하면 되는 건데요."
　"병간호, 감사합니다. 폐를 끼쳤습니다."
　재경이 행주를 짜던 두 손을 멈췄다. 설마 자신을 기억하고 있었을 줄은 몰랐다.
　재경이 웃음 지워진 얼굴로 돌아보니 연호제는 어느새 정좌로 자세를 고치고 자신을 바라보고 있었다.

 아픈 와중에도 또렷하게 빛을 잃지 않은 연호제의 두 눈이 재경의 심금을 관통하고 있었다.

 진심이 전해져 왔다. 이 여자가 자신에게 진심으로 감사하고 있다는 걸 재경은 충분히 느낄 수 있었다.

 "보답하겠습니다. 언젠가 꼭."

 고작 한 마디 감사의 말을 들었을 뿐이지만 재경은 마음이 탁 트이는 것을 느꼈다.

 손톱만큼이나마 품고 있었던 경각심이 눈 녹듯이 사라졌다.

 단순하게, 더 첨언할 것도 없이 그랬다.

 좋은 사람은 좋은 사람이라고. 채빈에게 소중한 사람이기에 부족하지 않은 마음을 가진 사람이라고.

 재경의 마음은 점점 연호제라는 낯선 여자를 헤아리고 있었다.

 사실 연호제라고 재경에 대해 궁금하지 않을 수는 없는 노릇이었다.

 다만 채빈의 입장을 고려해 선뜻 말을 꺼내지 못하고 있을 뿐이었다.

 그러나 다른 건 다 제쳐두고라도 병간호를 해준 것에 대한 감사의 말만은 아무래도 해야겠다 싶어 고민 끝에 입을 뗀 것이었다.
"거의 다 끓었네요. 김치는 자극이 너무 세서 안 되겠고, 간장이 어디 있을까……."
재경이 중얼거리며 찬장을 뒤적일 때였다.
재경과 연호제가 약속이나 한 것처럼 동시에 창가 쪽으로 눈을 던졌다.
귀에 익숙한 스쿠터 소리가 빠르게 커져오고 있었다.
"채빈이 왔네요!"
재경이 창밖을 내다보며 유난히 반가운 어조로 소리치듯 말했다.
재경이 손을 흔들어 보이자 채빈도 스쿠터의 속도를 줄이며 손을 들어 화답했다.
집 앞에 스쿠터를 세운 채빈은 짐칸의 쇼핑백을 꺼내들고 층계를 밟아 올라왔다.
"재경 누나, 와 있었어?"
상기된 얼굴로 들어선 채빈이 가장 먼저 한 말이었다. 바닥에 밥상을 펴면서 재경이 대답했다.
"장보는 길에 잠깐 들렀지. 환자 영양식이랑 너 먹을 밑반찬 좀 샀어."
채빈이 재경에게서 밥상을 빼앗아 펼치며 말을 받았다.
"무겁게 뭘 사오고 그래. 가려면 말하고 같이 가지."

"자전거 짐칸 있어서 힘들지 않아."

"어? 자전거 샀어? 언제?"

"얼마 안됐어. 운동할 겸 샀는데 진작 살 걸 싶더라. 넌 어디 갔다 온 거니? 환자를 혼자 집에 두고."

"어, 잠깐 좀 중요하게 볼 일이 있어서······. 먹을 것도 좀 사고."

채빈은 말끝을 흐리며 연호제를 힐끔 살폈다.

연호제는 무슨 대화를 하는지 모르겠다는 듯이 별 관심이 없는 사람처럼 방 한 구석을 응시하고 있었다.

"자, 죽 좀 드세요. 뜨거우니까 조심하시고."

재경이 죽 한 그릇과 간장종지를 상 위에 내려놓았다.

연호제는 밥상 앞에 앉아 재경과 채빈의 얼굴을 번갈아 바라보고는 목례한 뒤 숟가락을 손에 쥐었다.

"어때, 먹을 만해?"

채빈이 물었다.

연호제가 입을 오물거리며 고개를 끄덕여 보였다. 그리고는 나지막하게 말했다.

"맛이 좆같다."

"그래. 좀 먹어둬."

연호제가 사용한 단어의 사정을 모르는 재경은 당혹스러워 뒤로 물러나 앉았지만 채빈은 태연하게 간장이 담긴 종지를 밀어줄 뿐이었다.

"물 좀 더 줄까?"

"아니, 괜찮다."

더 이어지는 대화가 없이 연호제는 재경이 떠준 죽 한 그릇을 묵묵히 비웠다.

조금 부담스러운 양이었지만 재경의 성의를 생각하니 남길 수가 없었다.

"맛있게 잘 먹었습니다."

"앉아 있어요."

재경이 빈 그릇을 들고 일어서는 연호제의 손에서 그릇을 빼앗았다.

재경이 설거지를 하는 동안 채빈은 밥상을 닦은 다음 컵을 꺼내 차를 타기 시작했다.

아주 자연스럽게 역할을 분담하는 두 사람을 보고 연호제는 묘한 기분에 사로잡혔다.

보통 가까운 사이가 아니고서야 재경이라는 사람이 이럴 수가 있을까.

아무렇지도 않게 채빈의 집에 드나들고 직접적인 관계도 없는 자신의 병간호까지 해주었다.

이건 흡사 부부나 마찬가지 아닌가. 적어도 연호제의 눈에는 그렇게 보였다.

"재경 누나랑 나는 커피, 연호제는 녹차."

김이 모락모락 피어오르는 잔을 각자 앞에 두고 세 사람은 둘러앉았다.

채빈은 변덕스러운 최근의 날씨에 대해 이야기를 꺼냈고 재경이 그에 맞춰 잡담을 이어나갔다.

연호제는 건조한 입술을 찻물에 적시며 침묵을 지키고 있었다.

심각하거나 진지한 이야기는 하나 없이 찻잔이 바닥을 드러내기 시작했다.

재경은 시간을 확인한 다음 남은 커피를 한 입에 들이켜고 가방을 챙겨 일어섰다.

"시간이 벌써 이렇게 됐네. 슬슬 가봐야지."

재경은 자신이 자리를 피해줘야 할 시점임을 감지했다.

충분히 얘기할 시간이 있었음에도 불구하고 채빈은 연호제라는 이 여자에 대해 한마디 설명조차 하지 않았으니까.

재경은 스스로를 눈치 없는 여자라고 생각하고 싶지 않았다. 채빈에게 그런 아둔한 인상으로 비춰지는 것 또한 싫었다.

"데려다 줄게."

채빈이 마치 기다렸다는 듯이 뒤따라 일어섰다.

재경은 사람인지라 못내 아쉬움을 느꼈다. 없는 말이라도

'벌써?' 라든가 '좀만 더 있다 가지, 왜?' 라고 해줄 수도 있을 텐데.

그런 마음을 숨긴 채 재경은 싱긋 웃어보였다.

"자전거 타고 가면 돼."

"자전거가 있어?"

"아까 샀다고 말했잖아."

"아, 맞아. 미안. 내가 지금 정신이 좀 없어서. 왜 이러지."

채빈이 뒷머리를 헝클어질 정도로 세게 긁적였다.

자조하는 듯한 그 얼굴에서 초조함이 엿보였다.

빨리 일어나길 잘했다고 생각하며 재경은 신발을 신었다.

"아, 나오지 마세요. 푹 쉬고 빨리 나으세요."

재경은 배웅조로 엉거주춤 일어서는 연호제에게 손을 내저어 보이고 집을 나섰다.

채빈이 자전거를 세워둔 곳까지 따라와 주었다.

"고마워."

자전거의 브레이크를 올리는 재경에게 채빈이 불쑥 말했다.

"뭐가."

"그리고 미안해. 누나, 내가……."

채빈은 좀처럼 말을 잇지 못했다. 하고 싶은 말은 너무 많은데 당장 할 수 있는 말은 하나도 없었다.

항상 부탁만 하면서 정작 재경을 납득시키지 못하는 현실이 답답했다.

"됐어."

재경은 희미하게 웃어 보이며 자전거에 몸을 실었다.

흔들리는 채빈의 두 눈에 담겨져 있는 수많은 마음들이 보였다.

얼마든지 기다릴 수 있었다. 마음이야 지치지만 채빈에게 받은 것들을 생각하면 이 정도 기다림은 아무것도 아니라고 재경은 스스로를 위안했다.

"맛있는 거 쏠 거지?"

"말이라고 해? 이번엔 진짜 제대로 쏠게. 며칠 이따 세만이 형도 불러서 거하게 한 번 먹자."

"믿는다."

채빈이 오른손을 들어 자기 심장을 움켜쥐는 시늉을 해 보였다. 재경이 그런 채빈의 배를 주먹으로 툭 쳤다.

"지가 무슨 정이건인 줄 알아."

"정이건보다 내가 잘생겼는데."

"우웩, 봉지 좀. 나 간다."

"조심해서 가."

신념 165

재경을 태운 자전거는 잘도 미끄러지듯 멀어져 갔다.

그 모습이 완전히 사라지고 나서야 채빈은 돌아서서 층계를 밟아 올랐다.

방으로 돌아와 보니 연호제는 창가를 등지고 우두커니 서 있었다.

"왜 서 있어? 좀 누워야지."

"괜찮다. 이제 많이 좋아졌다."

"뼈 다 안 붙었잖아. 누워 있어."

"선하촌에 다녀온 건가?"

연호제가 화제를 바꿔 물었다. 채빈이 짝, 하고 손뼉을 치며 대답했다.

"아, 그래. 그 얘길 안하고 있었네. 섭표 아저씨한테 너 괜찮으니까 걱정하지 말라고 얘기하고 왔어."

"고생했군."

"라티아랑 트리아도 아무 일 없이 잘 지내고 있고. 걱정은 곽동이라는 사람이 제일 많이 하더라. 덩치에 안 맞게 울기까지 하더라고."

연호제가 쓴웃음을 지으며 시선을 내리깔았다.

채빈은 연호제를 침대에 앉히면서 조심스럽게 말을 이었다.

"우선은 네 몸부터 생각하자. 다른 건 아무것도 생각하지

마. 선하촌에 대한 일도, 마왕성과 관련된 일도, 그리고 네 복수에 관한 일들도 몸이 나을 때까진 완전히 잊어버려. 이번에 너무 고생했어. 한동안은 푹 쉬는 게 좋아. 할 얘기도 많이 있겠지만 일단 몸이 나은 다음 하자구."

어느새 채빈의 한 손은 아래로 내려가 연호제의 옆구리에 힐 마법을 가하고 있었다.

따스한 마법의 기운이 연호제의 상처를 부드럽게 보듬었다.

연호제는 더없는 안락함을 느끼며 고개를 살며시 수그렸다.

"거 봐, 아직 불편하면 누워 있으라니까."

채빈이 이불을 젖히고 그 안으로 연호제를 눕히려 했다.

살포시 어깨를 누르는 채빈의 손길을 그대로 놔둔 채 연호제는 나지막하게 물었다.

"어째서 아무렇지도 않은 거야?"

"어?"

"혈화동에 다녀왔잖아. 용혈과를 구해다 주었잖아. 그런데 어떻게 그대는 그토록 태연할 수가 있지?"

정적 속에서 채빈이 마른 침을 꼴깍 삼켰다.

"아니… 뭐 별일이라고. 얘기할 거리나 있나. 자, 얼른 눕기나 해."

연호제가 고개를 홱 들고 울컥한 얼굴로 돌아보았다.

입술을 앙다문 채 쏘아보는 그 강렬한 눈빛이 낯설어서 채빈은 더없이 놀랐다.

연호제가 자신의 감정을 이토록 선명하게 얼굴로 드러낸 적이 과연 몇 번이나 있었던가.

"별 거 아니라고 한 건가, 지금?"

"그래, 쉬웠어. 생각보다 간단한 일이었다고."

"쉬웠다고? 간단한 일이었다고?"

"…저기, 화났어? 어? 그러고 보니 너 셔츠가 왜 이래? 이거 피야?"

채빈이 피 묻은 셔츠를 가리키며 대화의 주제를 바꾸려 했다.

연호제는 거칠어진 숨으로 씩씩거리더니 어깨를 잡은 채빈의 손을 확 쳐냈다.

"말 돌리지 마!"

"왜, 왜 그래?"

"혈화동에 들어간 일이 별 거 아니었던 건가? 아무 정보도 없이 단신으로 그런 마굴에 뛰어든 일이 아무 일도 아니었던 건가? 마반사와 싸운 일이 얘깃거리도 되지 않는다는 건가? 자기가 먹을 것도 아닌 용혈과를 구하기 위해서 목숨을 건 일이 그냥 넘어갈 수 있는 일이라는 건가?"

질문이 거듭될수록 말은 빨라지고 악에 받친 목소리는 한층 언성을 더해갔다.

채빈은 식겁하여 뒤로 물러나 앉아 상기된 연호제의 얼굴을 바라보는 게 고작이었다.

"먼저 말하지 못하는 내 성격 그대도 알잖아. 생색이라도 내주면 좋잖아. 너무 힘들었다고. 죽을 뻔했다고. 농담이라도 좋으니 살려준 이 은혜는 평생 잊지 말고 갚으라고. 내가 힘들지 않게 뭐라도 좀 말해주면 좋잖아."

"미안해, 내가 잘못한 거야. 내가 잘못 말했어. 그러니까 일단 진정하고……."

"진정하라니, 미친 사람 취급하지 마!"

"우왓!"

연호제가 냅다 베개를 집어던졌다.

베개에 맞고 일어선 채빈이 방구석까지 비켜섰다.

연호제는 창가로 고개를 돌렸다. 울음을 삼키지 못한 그녀의 두 눈이 끝내 젖어들고 있었다.

채빈은 잠시 현관문을 열고 방에서 나왔다.

연호제의 성격을 고려해 잠시 혼자 울도록 놔두는 편이 좋을 것 같아서였다.

채빈이 아는 그녀라면 남 앞에서 눈물을 보이고 싶어 할 리 없으니까.

복도에 서서 횅한 하늘 저편을 바라보고 있으려니 채빈도 괜히 코끝이 찡해졌다.

심심한 두 손을 싹싹 비비고 있는 와중에 피우지도 못하는 담배 생각이 났다.

사람들이 담배를 피워대는 이유를 어쩐지 조금은 알 것 같았다.

돌이켜 보면 연호제와도 참 많은 일이 있었다.

동물원에서 처음 만났을 때 서로를 적으로 여기고 싸웠던 일에서부터 같은 편이 되어 루이제를 상대로 분투했던 최근의 일까지.

수많은 기억이 하나로 뭉쳐 횅한 하늘을 바탕으로 파노라마처럼 채빈의 눈앞을 스쳐 지나가고 있었다.

연호제가 울고 있을 자기 방을 힐끔 돌아보며 채빈은 자문해 보았다.

연호제가 없었다면 나는 오늘 이 자리에 무사히 서 있을 수 있었을까?

도움을 받은 건 피차 마찬가지였다.

연호제가 자신에게 저토록 미안한 마음을 가질 필요는 없는 것이다.

채빈은 자기가 살고 있는 집 건물을 올려다보았다.

행복을 찾아 홀로 올라온 서울에서 처음으로 갖게 된 자신의 보금자리를 목이 아픈 줄도 모르고 한껏 올려다보았다.

그때의 나는 무슨 마음을 가지고 있었을까.

생각에 대한 답은 금방 나왔다.

채빈은 그저 행복해지고 싶었다. 많은 돈을 벌어서 남부럽지 않은 인생을 살고 싶었다.

가난하다는 이유로 숙자와 같은 인간들에게 따가운 눈총을 받고, 부서지는 자존심의 파편들을 끌어안은 채 밤새 숨죽여 울곤 했던 나날들과 작별하고 싶었다.

그것은 누구도 감히 속물이라는 단어 따위로 무시할 수 없는 각오였다.

온 세상을 통틀어 단 하나만 존재하는 에너지였다. 채빈만의 신념이었다.

채빈의 신념은 우연히 지하실에서 접하게 된 마왕성을 거치면서 더욱 확대되고 견고해졌다.

크고 작은 그의 신념들 속에는 채빈의 꿈은 물론이고 수많은 이들이 담겨져 있었다.

재경과 세만, 두 정령 프라이어와 운디네, 그리고 연호제를 비롯한 수많은 이들의 마음이 오롯이 담겨져 있었다.

오늘의 채빈이 있기까지 물심양면으로 지원을 아끼지 않았던 그들의 마음은 평생토록 채빈의 신념 속에 녹아 있을 것이었다.

그간 마왕성을 통해 수많은 일들을 겪었다.

앞으로도 거쳐야 할 난관들이 부지기수로 남아 있는 지금 이 순간 채빈은 혼자서 나아갈 수 없다는 사실을 명확히 자각하고 있었다.

나에게는 연호제가 반드시 필요하다.

목숨을 걸고 용혈과를 구해다 준 일은 결코 미련한 짓이 아니다.

그녀가 무슨 생각을 하건 나와는 관계없다.

중요한 사실은 단 하나. 그녀가 나의 호의를 받을 자격을 충분히 갖추었다는 것뿐이다.

채빈은 자신의 신념 한가운데에 그렇게 연호제를 아로새겼다.

불현듯 시계를 보니 10여 분 정도의 시간이 흘러 있었다.

채빈은 돌아서서 먼저 문에 노크를 한 다음, 천천히 문을 열었다.

연호제는 처음의 자세 그대로 침대에 앉아 있었다.

채빈이 문을 열고 들어오는 소리를 분명히 들었을 텐데도 미동조차 없었다.

채빈이 다가가 다시금 연호제의 어깨에 손을 얹었다. 그리고 부드럽게 밑으로 눌러 침대에 눕혔다.

연호제는 반항하지 않고 가만히 있었다. 가슴 위로 이불을 끌어올리는 것도 전혀 마다하지 않았다.

"어?"

연호제가 이불 밖으로 한 팔을 내밀고 채빈의 손을 붙잡았다.

일어서다가 손이 잡힌 채빈은 도로 침대에 앉았다.

연호제는 머리 위까지 이불을 끌어올려 얼굴을 가리고 있었다.

"그대는… 나한테 왜 그러는 것인가."

이불 속에서 울리는 연호제의 목소리는 대답을 바라지 않고 있었다.

끝을 모르고 무너지는 그녀의 목소리는 그녀 자신을 심하게 책망하고 있는 듯했다.

채빈은 아무런 말없이 그저 다른 한 손을 연호제의 손등에 얹었다.

희미하게 흔들리는 이불을 통해 연호제의 흐느낌이 전해져오고 있었다.

아직도 서늘한 연호제의 손등을 가볍게 문지르며 채빈은 저녁 메뉴를 고민했다.

연호제가 울다 지쳐 잠이 들 때까지 채빈은 그 자세 그대로 한 치도 움직이지 않았다. 연호제는 더없이 편안했다.

그와 같은 시각.

연호제가 채빈의 보살핌 속에서 편안히 잠든 동안 이계의 한 여자는 끓어오르는 분노를 주체하지 못하고 있었다.

와장창!

또 하나의 술잔이 벽에 몸을 부딪고 산산조각이 나 파편을 흩뿌렸다.

헝클어지는·머리칼 사이로 가쁜 숨을 내뱉으며 새 술병을 꺼내드는 이 여자. 본 드래곤 루이제였다.

"이럴 수가 있는 거야!"

술을 쏟듯이 따르며 루이제는 또 괴성을 내질렀다.

피멍이 든 온몸의 살갗 곳곳이 욱신거렸다.

그 묵직한 통증은 아픔이 아닌 울화의 형태로 그녀의 정신을 돌아버리게 만들었다.

"이럴 수가 있는 거냐고! 고작 벌레 같은 인간 두 놈이 감히! 위대한 드래곤인 이 몸에게 상처를 입혀! 감히! 감히!"

술에 취해 벌겋게 물든 두 눈은 여느 때보다도 신랄한 독기를 뿜어내고 있었다.

이미 그녀의 방 안은 본연의 형태를 잃어버린 난장판 그 자체였다.

시중을 드는 하녀 두 명만이 사시나무처럼 벌벌 떨며 곁을 지키고 서 있었다.

"계속 저런 식인가?"

방 밖의 복도에서 소란을 듣고 있던 로이드가 물었다.

시토라가 곤궁한 기색을 띤 얼굴로 고개를 끄덕이며 대답했다.

"밤새도록 드시고 계십니다. 간밤에도 한 잠도 주무시지 않은 것 같습니다."

"그런가."

로이드는 잠시 그곳에 서서 소란을 듣고 있다가 이내 발걸음을 되돌렸다.

시토라도 종종걸음으로 그 뒤를 따랐다.

"왜지?"

"네?"

"왜 캔델 고원에 있는 자기 둥지로 돌아가지 않고 내 마탑에 머무르고 있는 건가? 이곳이 불편하다고 입버릇처럼 말하곤 했을 텐데."

"안 그래도 여쭤보았더니… 덫을 놓았다고 하시더군요."

"덫이라니?"

"아마도 놓친 두 인간을 잡을 함정을 계획하신 것 같습니다. 아, 이번 일처럼 로이드 님의 심기를 거스를 행동은 일절 하지 않을 테니 심려하지 마시라고 하셨습니다."

시토라는 고개를 푹 숙인 채 말하고 있었다.

이번 백기사 사건을 들추자면 그녀 역시 로이드 앞에서 당당할 수만은 없는 입장이었으니까.

그 일로 1개월 간 마탑에서 근신하라는 처벌까지 받은 상황이었다.

하지만 정작 로이드는 그 문제에 대해서는 별반 개의치 않는다는 투로 루이제에 대해서만 말을 이어갔다.

"어울리지 않는군. 루이제가 머리를 써서 함정 같은 걸 계획한다는 건."

"어떻게 할까요? 자중하시는 편이 좋을 거라고 제가 이야기를 해두는 편이……."

"그럴 것까진 없다."

모퉁이를 돌아 복도를 가르며 로이드는 잘라 말했다.

"내가 알아듣게 이야기했으니 괜찮을 것이다. 적어도 본드래곤으로 변신해서 온 대륙의 시선을 끄는 미련한 짓은 더 이상 하지 않을 테지."

"알겠습니다."

"적당히 하고 싶은 대로 하게 놔둬. 지나치게 옭아매면 언제 폭발할지 모르는 여자니까. 고이는 에너지를 분출할 틈새는 만들어 줘야지."

대화를 나누는 동안에도 로이드와 시토라의 발걸음은 일

정한 속도를 유지하고 있었다.

지금 그들은 마르티스 후작이 갇혀 있는 마탑 최하층의 고문실로 가는 중이었다.

텔레포트 마법으로 단번에 이동할 수도 있는 일이지만 로이드는 시토라와 함께 걷기를 택했다.

그 길지 않은 사이의 시간에 오가는 잠깐 동안의 대화에도 시토라는 그저 행복할 뿐이었다.

"백기사 건은 어떻게 하실 겁니까?"

"루이제가 거의 마무리를 짓지 않았나?"

"물론 그렇지만 확실하게 처리하진 못했으니까요."

"그 문제는 루이제의 놀이거리로 내버려둬. 조금 짜증나긴 하지만 그다지 위협적인 적은 아니야. 게다가 지금은 더 중요한 정보를 얻은 참이니까."

"더 중요한 정보요?"

시토라가 두 눈을 가늘게 떴다.

그러고 보니 이상했다. 로이드가 왜 지금 고문실로 가고 있는 것일까.

특별한 이변이 생긴 것이 아닌 한 이 시점에서 로이드가 마르티스 후작을 직접 심문할 이유는 없었다.

아무래도 조금 전에 언급한 '중요한 정보'라는 것과 관계가 있는 행보인 듯했다.

"마르티스 후작에 대해 뭔가 알아내신 거라도?"

"가보면 알게 돼."

로이드가 짤막하게 대꾸했다. 시토라는 더 묻지 않고 잠자코 뒤를 따랐다.

끼이익.

고문실에 도착해 철문을 열자 철제 의자에 두 손을 묶인 채 앉아 있던 마르티스 후작이 두 눈을 치켜떴다.

고르게우스의 최측근이라는 이유로 붙잡혀 온 이 불쌍한 남자는 귀족의 자태를 오래전에 잃어버린 상태였다.

처음 끌려왔을 때의 넉넉한 살집도 생기 어린 눈빛도 온데간데없었다.

한껏 메말라 시체나 다름없는 행색으로 굵고 차가운 쇠사슬에 대롱대롱 매달린 채 생과 사를 오가고 있는 그 모습은 이미 사람이라고 할 수가 없었다.

"안녕하시오, 후작."

로이드가 인사를 건네며 다가섰다.

마르티스는 로이드와 눈이 마주친 것만으로 기겁하면서 고문실 한구석으로 도망치려는 몸짓을 해보였다.

"으으으……!"

"귀족께서 이 무슨 몰골인가. 그간 필시 많이 고생했겠군."

로이드는 마치, 자신은 고문에 전혀 개입하지 않은 제3자라는 투로 말하고 있었다.

마르티스는 구석까지 뛰어가 안쓰럽게 쪼그려 앉고는 꺽꺽 소리가 나도록 숨을 헐떡여댔다.

"내가 누군지 아시겠소?"

로이드는 마르티스의 앞에 다리를 구부리고 앉아 눈높이를 맞추고 물었다.

그 즉시 마르티스가 미친 듯이 고개를 끄덕여 보였다.

그러지 않을 수가 없었다. 로이드와의 대면은 고문을 당하는 내내 무엇보다 두려워했던 순간이기도 했다.

"떨지 말고 말을 해 보시오. 내가 누구인지."

"로, 로이드……! 로이드 모빅……!"

"내가 어떤 인간인지도 좀 알고 있소?"

마르티스는 감히 대답을 잇지 못했다. 지금 그의 심장은 공포로 멎어버릴 듯했다.

다른 누구도 아닌 로이드 모빅이었다.

자신은 물론이고 대륙의 귀족들이 가장 두려워하는 존재 중 하나인 로이드가 코앞에서 그림자를 드리우고 있는 것이다.

"세상에는 말로 해서 될 일과 안 될 일이 있지. 나는 그걸 명확히 아는 사람이오. 애당초 말로 해서 안 될 일엔 입 한 번 벙긋하지 않아. 귀찮은 건 딱 질색이니까. 내가 전투보다 사냥이라는 표현으로 더 유명한 것도 비슷한 이유에서요."

"으으으… 으으……!"

아직 본론으로 들어가지도 않았는데 마르티스는 위아래 이빨을 부딪치며 학질 걸린 사람처럼 온몸을 떨고 있었다.

로이드는 마르티스의 헝클어진 머리칼을 한 손으로 쓸어 넘기며 말을 계속했다.

"지금부터 나는 후작에게 부탁을 드릴 거요. 무슨 부탁인지는 후작이 당연히 알고 계시리라 믿소. 내가 원하는 답이 나온다면 당신은 그 즉시 자유의 몸이 될 거요."

"모, 모르오……! 드로제의 용광로는 정말 모르오!"

"호오?"

"벌써 수백 번을 얘기했소! 정말이오! 심장을 꺼내서 속을 보여줄 수 있다면 벌써 그렇게 했을 것이오! 제발… 제발 믿어주시오!"

마르티스가 눈물을 뿌리며 소리치듯 연거푸 말했다.

도무지 거짓말이라고는 여겨지지 않을 만큼 애처로운 모습이었다.

하지만 로이드는 태연하게 말을 이어갈 뿐이었다.

"내가 각지에 파견한 부하들 중 일부가 간밤에 재미있는 사실을 물어다줬소. 당신이 진실을 숨기는 이유와 관계가 있는 중요한 정보더군."

"……?!"

"가족. 볼모로 보냈다던 당신의 두 아들. 그들의 은신처를 아는 건 이제 고르게우스 대공만이 아니라는 거요."

마르티스의 얼굴에서 핏기가 쫙 가셨다.

로이드의 말은 그의 정곡을 찔렀다.

지금까지 지독한 고문 속에서도 드로제의 용광로에 대해 밝히지 못했던 것은 다른 무엇도 아닌 두 아들의 안위 때문이었다.

"무, 무슨 말이오? 가족이라니… 내 가족은……!"

"공연히 거짓말을 만들기 위해 애쓰지 마시오."

마르티스는 반쯤 벌어진 입으로 침음을 흘리며 로이드를 바라보았다.

그는 로이드의 표정을 읽어내려 애쓰고 있었다. 단순한 협박인지 아니면 진실인지를 알아내야만 했다.

'으으… 아니야! 이놈이 내 아들을 찾아냈을 리가 없어! 나를 떠보고 있는 거야……!'

로이드를 상대로 무의미한 노력을 하고 있다는 사실을 마르티스는 아직도 인정하지 못하고 있었다.

로이드는 마르티스의 코앞을 향해 검지를 꼿꼿이 세워

보였다.

"첫 번째 기회를 드리겠소. 고르게우스 대공을 믿느냐, 이 로이드 모빅을 믿느냐. 선택은 당신에게 달렸소."

로이드가 손가락을 튕겼다. 두 손아귀에 딱 쥐려질 크기의 은백색 수정구가 로이드의 손바닥 위 허공에 생겨났다.

"내 질문에 답을 준다면 말했듯이 당신은 자유요. 자유의 몸이 된 이후 안전을 보장함은 물론이고 평생 먹고 살기에 충분한 재물도 제공해 드리지. 다른 누구도 아닌 이 로이드 모빅이 보장하는 거요."

거기까지 말하고 난 로이드는 한 손에 수정구를 떠받든 채 잠시 말을 멈췄다.

마르티스는 고개를 숙이고 눈물과 침으로 범벅이 된 턱 끝을 와들와들 떨고만 있었다.

"제한시간 30초. 드로제의 용광로가 어디 있는지 말씀하시오."

"저, 정말로 저는 거기에 대해서는 아는 바가……!"

"시토라, 시간을 재라."

"알겠습니다."

시토라가 회중시계를 꺼내 들었다.

째깍째깍 초침소리가 바늘처럼 예리한 감촉으로 마르티스의 심장을 쿡쿡 찔렀다.

마르티스는 어찌할 바를 몰라 타는 입술을 연신 핥으며 앉았다 일어서기만 머저리처럼 반복하고 있었다.

그렇게 망설이는 사이 30초의 시간은 순식간에 지나버렸다.

톡!

로이드가 중지로 수정구를 가볍게 두드렸다. 수정구가 빛에 휩싸이면서 어느 한 장소의 풍경을 그려냈다. 수풀이 우거져 빛이 들지 않는 어둠의 숲 한가운데였다.

구덩이가 깊이 파인 흙더미 옆에는 젊은 두 남자가 결박당한 채 무릎을 꿇고 앉아 있었고, 검은 로브 차림의 사내 수십 명이 그들의 뒤로 포진해 있었다.

"아, 안 돼!"

결박당한 두 남자가 자신의 아들임을 알아본 마르티스는 즉시 괴성을 뽑아냈다. 그에 아랑곳없이 로이드는 수정구를 다시 한 번 손가락으로 두드렸다.

그러자 수정구 속 검은 로브의 사내들은 두 남자 중 하나를 걷어차 구덩이 속으로 밀어 넣었다.

"무, 무슨 짓을 하는 거요! 제발 멈추시오! 제 아들을 해치지 마시오!"

"내 말이 거짓인 줄 알았나? 첫 번째 기회는 이미 끝났어."

로이드가 냉담하게 대꾸했다.

구덩이에 굴러 떨어진 남자는 공포로 절규하고 있었다.

검은 로브의 사내들이 태연하게 그를 향해 흙을 퍼부었다.

남자의 벌어진 눈과 코, 그리고 입 속으로 사정없이 흙이 들어가고 있었다.

"제발 부탁이오! 아, 아는 걸 다 말씀드리겠소! 그러니 제발 아들을 살려주시오! 제발!"

마르티스는 이마를 바닥에 찧어대며 빌고 또 빌었다.

이마가 깨지는 아픔 속에서 그는 기대하고 있었다. 이제라도 사실을 고백했으니 늦지 않았다고. 이렇게 빌고 있으니 큰아들을 살릴 수 있을 거라고.

하지만 이어지는 로이드의 말은 마르티스의 기대를 무참히 짓밟고 으깨버렸다.

"당신은 분명히 모른다고 했어. 내 호의와 지성을 완벽하게 무시한 셈이지. 나보다 고르게우스 대공을 더 두려워한 대가를 당신의 큰아들이 치르게 된 거야."

"제발! 제발! 제발! 모조리 말씀드리겠소! 드, 드로제의 용광로는 흔들리는 회랑에 있소! 헤페룬 공방에서 제작을 끝내자마자 갱도를 통해 옮겨진 거요! 텔레포트 좌표도 결박을 풀어주면 모조리 적어드리겠소!"

기나긴 고문 속에서도 꿋꿋이 숨기고 있었던 비밀이 자동으로 술술 새어 나왔다.

그러나 이미 늦은 대답이었다. 로이드는 마르티스의 큰아들을 생매장시키는 부하들의 행동을 끝내 중지시키지 않았다.

"아아아아악! 아아악! 제발……! 제발 그러지 마! 내 아들을 죽이지 마시오! 제발!"

온몸을 뒤틀며 내지르는 마르티스의 절규를 들어주는 이 아무도 없었다.

그는 그저 목이 터져라 울부짖으며 피눈물을 흘렸을 뿐이고, 그 사이에도 시간은 꾸준히 지나 기어이 큰아들은 흙더미 속에 산채로 파묻혀 버리고 말았다.

"이것으로 첫 번째 기회는 끝."

"으으… 으흐흐흐흐……!"

"이제 두 번째 기회를 드리도록 하지. 자, 오늘 내로 갱도의 텔레포트 좌표를 단 하나도 빠짐없이 기록할 수 있겠소?"

"으흐흐흐……!"

"역시 30초요."

로이드가 사형선고를 내리듯이 말했다.

그에 맞춰 등 뒤의 시토라는 회중시계를 들어 올렸다.

신념 185

그러자 마르티스는 그 즉시 오열을 멈추고는 다급히 대답하는 것이었다.

"하, 하, 하, 하, 할 수 있소! 다, 다, 다, 당장 기록을 시작하겠소! 제발 두, 두, 둘째만은… 둘째만은 죽이지 마시오!"

"대화 정말 즐거웠소."

로이드가 자리를 털고 일어섰다.

시토라는 주위의 부하들에게 눈짓으로 뒷일을 맡기고는 로이드를 따라 고문실을 빠져나왔다.

"저, 로이드 님. 어떻게 할까요?"

"뭘?"

"마르티스의 큰아들 말입니다. 지금이라면 살릴 수 있으니까요. 이제 드로제의 용광로에 대해서도 전부 털어놓을 테니 굳이 죽일 필요까지는 없을 것 같아서……."

로이드는 고개를 내저어 시토라의 말을 끊었다.

"애비의 대답 여부와 관계없이 그놈은 처리할 생각이었다. 냄새나는 것에는 뚜껑을 덮어야지."

"그게 무슨 말씀이신지요?"

시토라가 의구심을 품고 물었다.

그녀가 아는 로이드는 불필요한 살인을 하는 사람이 결코 아니었다.

필요한 정보를 얻었는데도 이렇게까지 하는 이유가 궁금

할 수밖에 없었다.

로이드는 나선 계단을 오르다 꼬인 망토를 풀며 담담히 대답했다.

"흉년에 곡식을 미끼로 서른 명이 넘는 아녀자를 불러다 범한 놈이다. 다시 집으로 돌아온 여자는 한 명도 없어. 질릴 때까지 가지고 놀다가 모두 파묻어버렸으니까."

"무, 무슨 이유로요? 귀족의 명예 때문에?"

"아니, 자기 아버지한테 들키면 혼날까 봐."

"그럴 수가……! 그런 말도 안 되는……!"

귀족들의 더러운 면에는 어지간히 적응했다고 자부했던 시토라도 이 순간에는 치를 떨었다.

그러는 와중에 자신의 과거 또한 뇌리에 떠올리고 말았다.

로이드가 나타나 도와주지 않았다면 자신 역시 그 서른 명의 아녀자들과 비슷한 꼴이 되었을지도 모를 추악하고 역겨운 과거가.

"재미있지, 시토라?"

로이드가 입 꼬리를 올리며 물었다.

시토라는 역겨움으로 신물이 목젖을 뚫고 나올 듯해 대답하지 못하고 시선을 맞추는 게 고작이었다.

"그런 놈도 아들이라고 저렇게 울부짖는 아버지가 있다는 사실이 재미있단 말이지."

 시토라가 로이드의 손을 꼭 부여잡았다. 그녀의 손은 분노로 세차게 흔들리고 있었다.

 로이드는 처음 만났던 날의 가냘픈 손길을 다시금 느꼈다.

 그날 잡았던 어린 시토라의 손은 지금과 꼭 같은 감촉이었다.

 "내가 만들 왕국에 저런 놈들은 필요하지 않아."

 말을 마친 로이드는 시토라의 자그마한 손을 고쳐 잡고 멈췄던 걸음을 다시금 내딛었다.

 커다란 그의 손바닥이 시토라에게 평온함을 전해주었다.

 시토라는 잠시나마 느꼈던 역겨움이 씻은 듯이 사라지는 걸 느끼면서 또 한 차례 확인할 수 있었다.

 자신의 믿음은 바로 이 손 안에 있다는 것을.

 "이제 드로제의 용광로를 손에 넣는 게 급선무군요."

 "그래."

 "백기사 같은 벌레들 따위는 문제도 아니죠."

 "아아."

 "언제 가지러 가실 건가요?"

 "묻지 마. 너는 근신 중이야."

 "알겠어요. 저녁은 어떤 걸로 하시겠어요?"

"엘리아와 상의해."

"로이드 님."

"또 뭐야."

"저에겐 언제나 로이드 님 뿐이에요."

"시끄러워."

로이드가 뭐라고 하건 말건 시토라는 잡은 두 손에 가득 힘을 주었다.

죽을 때까지 놓지 않을 것이다.

따스한 체온이 느껴지는 로이드의 왕국이야말로 그녀의 삶 자체이자 신념이니까.

제5장
다르게 살기

이계
마왕성

"아직도 하고 있네. 몇 개째야?"
"후우……! 글쎄, 210개부터 잊어버렸다."
"뭐?!"
연호제는 점심 식사를 마치자마자 집 앞 공터로 나와 팔굽혀펴기를 하기에 여념이 없었다.
공력 없이 순수한 근력만으로 하는 운동이었다.
"참 회복도 빨라. 마왕성 도움도 없이."
채빈이 혀를 내둘렀다. 연호제가 그의 집에서 기숙을 한 지도 이틀이 지나 있었다.

"애당초 갈비뼈가 부러진 것 말고는 특별히 아픈 데도 없었으니까. 뼈가 빨리 붙은 건 그대 덕분이기도 하고."

운동을 끝낸 연호제가 두 손을 털며 일어섰다.

옆구리가 조금 뻐근할 뿐 컨디션은 거의 완벽을 되찾은 상태였다.

딱 한 가지 요소를 제외하고는 그랬다. 분리된 공력에 대한 해결책을 아직 찾지 못한 것이다.

"마나도 사용이 안 되는 거야?"

채빈이 물었다. 용혈과를 복용한 후 공력이 구슬 형태로 분리되었다는 사실은 채빈도 이미 들어서 알고 있었다.

연호제는 못내 아쉬운 기색의 얼굴로 고개를 내저었다.

"마나는 문제가 없다. 공력만 그래."

"너무 걱정하지 마. 새로 쌓으면 될 거야."

"그랬으면 더할 나위가 없이 좋겠지만."

"그건 됐고 뭘 할까? 낮 동안에 말야."

채빈이 짐짓 기지개를 펴며 불시에 화제를 돌렸다.

당장 고민해 봤자 해결되지 않을 일로 피로해지는 연호제를 보고 싶지 않았다.

루이제라는 이름의 지옥을 겪은 뒤 연호제에게 용혈과를 먹인 순간부터 오늘에 이르기까지 채빈은 생각하고 있었다.

지금은 충분히 휴식하고 재충전을 해야 할 시기였다.

연호제도 채빈의 그러한 마음을 십분 받아들이고 있는 중이었다.

"뭔가 하고 싶은 거 없어?"

채빈이 재차 물었다. 그와 연호제는 오늘 저녁 선하촌에 가기로 되어 있었다.

섭표와 곽동을 비롯해 라티아와 트리아까지 함께 인사도 할 겸 저녁 식사를 할 예정이었다.

"나는 그다지 하고 싶은 것이 없는데."

"영화라도 보러 갈래?"

"영화?"

"영화 몰라?"

"그… 전기로 돌아가는 연극 말인가?"

연호제가 인터넷을 통해 보았던 극장 풍경을 떠올리며 물었다. 채빈은 이마를 싸매고 웃음을 터뜨렸다.

"그래, 전기로 돌아가는 연극. 어때? 관심 없어?"

직접 접해보지 못했기에 연호제도 영화라는 것에는 흥미가 동했다.

채빈은 망설이는 그 모습을 수락의 뜻으로 받아들이고 핸드폰을 주머니에서 꺼냈다.

"잠깐 기다려 봐. 무슨 영화 개봉 중인지 확인해 볼게."

영화 사이트에 막 접속하기 직전 전화가 왔다.

재경의 전화였다. 채빈은 통화 아이콘을 당겨 전화를 받았다.

"어, 누나."

—뭐하고 있어?

"그냥 연호제하고 운동하고 있었어."

—운동? 벌써 몸이 다 나았어?

"아, 어. 알고 보니 갈비뼈가 부러진 게 아니더라고. 그래서 금방 다 나았어."

채빈이 되는 대로 에둘러 말했다.

불과 하루 만에 뼈가 완벽히 붙었다는 사실을 무슨 수로 납득시킬 수 있겠는가.

다행히 재경은 간단히 넘어갔다.

—다행이다. 그럼 오늘 저녁 괜찮아?

"오늘 저녁?"

—너 또 오리발 내밀려고 그래? 맛있는 거 쏜다고 하지 않았어?

"아, 그거······."

—세만 씨한테도 물어봤더니 오늘 괜찮다고 하던데. 안 되는 거야?

"아니, 안 되는 건 아닌데. 누나, 잠깐만 기다려 봐."

채빈이 핸드폰을 내리고 난처한 기색으로 연호제를 바라

보았다. 연호제는 고개를 갸우뚱해 보이며 채빈의 말을 기다리고 있었다.

"미안한데 선하촌 가는 거 하루만 늦추면 안 될까? 재경 누나가 같이 저녁 먹자고 하는데."

"나는 좋아."

연호제는 망설이는 기색도 없이 흔쾌히 채빈의 제안을 수락했다.

"하루 늦춘다고 문제가 생기는 것도 아니고. 재경 씨에게 감사하다는 말도 제대로 전하고 싶다."

"알았어."

채빈은 기쁜 듯이 웃으며 허리춤에 누르고 있었던 핸드폰을 다시 귀로 들이댔다.

"여보세요, 재경 누나? 그래, 오늘 저녁 같이 먹자. 뭐 먹을지는 누나가 정해. 만 원 한도 내에서 내가 무조건 쏜다. 장난이고 진짜 뭐든지 상관없으니까 생각해 봐. 아, 회 떠다가 가게에서 먹자고? 그게 편하긴 하지. 알았어, 그럼. 7시까지 갈게. 마트에서 장 보고 갈 테니까 세만이 형이랑 상의해서 리스트 문자로 쫙 보내줘. 어, 이따 봐."

채빈은 전화를 끊고 시간을 확인했다. 3시가 조금 넘어가고 있었다.

일단 씻고 옷부터 갈아입어야겠다고 생각을 하는 와중에

연호제의 옷차림으로 시선이 갔다.

그녀는 채빈이 집에서만 입는 색 바란 트레이닝복을 입고 있었다.

여자가 입고 외출하기엔 다소 무리가 있는 복장이었다.

순간 채빈은 한 가지 짓궂고도 참신한 생각을 떠올렸다.

쿡쿡 새어 나오는 웃음을 삼키고 난 채빈은 진지하기 짝이 없는 표정으로 가장하고 연호제에게 물었다.

"연호제, 부탁 하나만 들어줄래?"

"무슨 부탁인데?"

"별 거 아니야. 들어줄 거야, 말 거야?"

"무, 물론……."

"들어준다는 거야? 확실히 말해."

"그래. 그대의 부탁이라면……."

주춤거리면서도 연호제는 고개를 끄덕여 보였다.

채빈의 부탁이라면 그게 무엇이든지 들어줄 각오와 준비가 돼 있었다.

"그럼 어디 좀 가게 빨리 들어가서 씻어."

"간다고? 어디를?"

"말은 나중에 하고 빨리 씻어. 어서."

연호제는 채빈의 성화에 떠밀리듯 들어가 영문도 모르는 채 몸을 급히 씻었다.

샤워를 끝낸 그녀가 드라이기로 머리를 말리고 있을 즈음 채빈은 벌써 외출복으로 갈아입고 스쿠터 앞에서 대기하고 있었다.

"얼른 타. 그리고 부탁인데 꽉 잡아. 전처럼 주행하는 중에 갑자기 경공 쓰지 말고."

"알았다. 주의하지."

연호제는 잠시 손가락을 꼼지락거리며 머뭇거린 끝에 채빈의 양 허리춤을 살포시 잡았다.

그러다가 막상 스쿠터가 달리기 시작하자 채빈의 등에 얼굴을 묻고는 허리를 끌어안듯 붙잡았다.

부우우웅!

백화점을 향해 속도를 높이며 채빈은 웃었다. 연호제와 이 정도의 접촉이 가능해지는 날이 올 거라고 언제 상상이나 했겠는가. 그야말로 장족의 발전이었다.

"미, 미친 소리 하지 말아!"

연호제가 냅다 고함을 질렀다. 채빈이 눈앞으로 들이댄 옷을 보고 기겁을 한 참이었다.

채빈은 넓은 폭의 플리츠로 된 감색 미니 원피스를 연신 들이밀고 있었다.

"목소리 좀 줄여."

채빈이 입술에 손가락을 대보이며 주위를 살폈다.

지나가던 고객들의 수많은 시선이 온통 그들에게로 쏠려 있었다.

그러거나 말거나 연호제는 벌겋게 달아오른 얼굴로 흥분한 숨을 몰아쉬기 바빴다.

"이, 이런 옷을 어떻게 입으라는 거야. 난 못 입어."

"이 정도가 뭐 어때서 그래? 그냥 미니 원피스야. 잘 어울릴 거 같으니까 한 번 입어보라고."

연호제는 쇠망치로 뒤통수를 얻어맞은 듯한 충격에 사로잡혔다.

이것이 채빈의 부탁이었던 것이다.

이런 부탁인 줄 진작 알았다면 차라리 죽여 달라고 대답했을 것이다.

"치마를 입으라니. 그것도 이렇게 짧은 치마를 입으라고? 이런 건 어릴 때도 입어본 적 없다."

"뭐가 짧다는 건데? 이 정도는 여기서 다 입고 다닌다고. 봐, 저기 저 여자는 숫제 팬티 같은 것만 달랑 걸치고도 잘만 돌아다니잖아."

"어, 어쨌든 난 안 돼. 절대로 입을 수 없다."

연호제가 단호하게 고개를 내저어 보였다.

채빈은 물끄러미 연호제를 응시하더니 짐짓 화난 얼굴로

입을 뗐다.

"약속했잖아. 뭐가 됐든지 부탁을 들어준다고 하지 않았어?"

"무, 물론… 그건 그렇지만 이 옷은 나에게 너무……."

"그건 그렇지만은 무슨 말이고 이 옷은 또 무슨 말이야? 길게 말할 것 없잖아. 약속을 했으면 얼른 지켜야지. 단순한 문제잖아."

"크윽."

"자, 어서."

채빈은 억지로 연호제의 두 손에 옷을 쥐어주었다. 그리고는 팔짱을 꺼고 서서 완고한 의지를 강력하게 어필해 보였다.

연호제는 울 것 같은 얼굴로 채빈의 얼굴과 손 안의 옷을 번갈아 보고 있었다.

"이채빈, 부탁이다. 제발 바지로 바꿔줘."

"절대 안 돼."

"어째서? 왜 나한테 이런 옷을 입히려는 거지?"

"그런 얘긴 나중에 하고 얼른 입기나 하라니까."

채빈은 연호제의 말을 일축하고 주위를 두리번거렸다. 마침 근처에 한 여직원이 대기하고 있었다.

채빈과 눈이 마주치자 여직원이 쪼르르 달려왔다.

"도와드릴까요?"

"탈의실이 어느 쪽이죠?"

"저 안쪽 코너로 가시면 있습니다. 그런데… 외국 분이신가 봐요?"

"네? 아, 네. 그렇죠."

채빈과 연호제는 지금껏 천화지 대륙 공용어로 대화하고 있었으니 직원이 오해할 법도 했다.

어쨌거나 직원은 살갑게 웃으며 연호제를 향해 너스레를 떨었다.

"여성 고객님이 참 살결이 하얗고 다리도 길어서 잘 어울리실 것 같은데요. 남자 분께서 옷을 참 잘 고르셨네요. 얼른 한 번 입어보세요."

"이 여자가 뭐라고 하는 건가?"

말이 빨라 제대로 알아듣지 못한 연호제가 물었다. 채빈이 그 자리에서 통역해 주었다.

"네가 피부도 하얗고 다리도 길어서 잘 어울릴 거 같다고 빨리 입어보래."

"뭐라는 거야, 이 미친 여자가……!"

연호제가 독기를 머금고 으르렁거렸다. 그 말을 알아듣지는 못하더라도 뿜어져 나오는 살기만큼은 또렷했기에 여직원은 사색이 되어 자리를 떴다.

"빨리 입어. 시간 없어. 장도 봐야 돼."

채빈이 시계를 들여다보며 재촉했다. 하지만 연호제는 여전히 망설이고 있었다.

채빈은 안되겠다 싶어 작전을 바꾸기로 했다. 이대로는 영업시간이 끝날 때까지도 실랑이가 계속될 것 같았다.

얼굴을 돌처럼 딱딱하게 굳힌 채빈은 최대한 무거운 어조로 말을 던졌다.

"고작 이 정도였어?"

"무, 무슨 소리야?"

"너의 약속이라는 건 고작 이 정도의 무게였어? 나와 한 약속이 이토록 깃털처럼 가벼운 가치밖에 안 되는 거였어? 이렇게 쉽게 저버릴 수 있을 만큼 가벼운 종류의 약속이었어?"

"그, 그건……!"

끽해야 옷 한 벌을 두고 늘어놓기엔 지나친 장광설이 연호제를 얼빠지게 만들었다.

뭔가 한심하기 짝이 없어서 따지고 싶긴 한데 막상 따지자니 명분이 없는 애매한 상황이었다.

그 와중에 연호제의 자아는 붕괴되고 있었다.

"아, 알았다……!"

기어이 연호제가 패배를 시인했다. 그녀는 옷을 들고 도망치듯 코너의 탈의실로 달려가 처박혔다.

똑똑.

탈의실에 안에서 막 바지를 벗으려던 참이었다.

문을 두드리는 소리에 도로 옷을 입고 문을 열어보니 아까 자리를 떴던 여직원이 겁먹은 얼굴을 하고 서 있었다.

"저기, 남자 분께서 이것들도 전해드리라고 하셔서……."

그렇게 말하며 여직원이 건넨 것은 검은색 스타킹과 검붉은 빛깔이 감도는 에나멜 구두였다.

연호제가 탈의실에 들어온 잠깐 사이에 채빈이 사 온 것이었다.

연호제는 또 한 번 경악할 수밖에 없었다. 구두는 딱히 문제랄 게 없었지만 스타킹이라니.

1평도 되지 않는 좁은 탈의실 안에서 연호제는 두 손바닥에 얼굴을 묻었다.

이런 문제로 번민하는 날을 맞이하게 될 줄이야.

어찌됐든 약속은 약속이었다.

어떤 부탁이건 들어주겠다고 대답한 건 자기 자신이었다.

채빈은 목숨을 살려준 은인이다. 채빈이 해준 일에 비하면 이런 건 아무것도 아니다.

이 옷을 입는다고 죽는 것도 아니다. 눈 딱 감고 한 번이면 돼. 그래, 단 한 번만 입고 내던져버리면 되는 거야.

연호제는 그렇게 스스로를 이해시키며 트레이닝복을 벗어던졌다.

'너무 짧아!'

원피스로 갈아입은 연호제는 내벽거울에 모습을 비춰보자마자 입을 떡하니 벌렸다.

입기 전에도 짧다는 느낌이 있었지만 막상 입어보니 더했다. 허벅지의 절반 이상이 훤히 노출되고 있었다.

진짜 문제는 스타킹이었다.

연호제는 몇 번을 망설인 끝에 일단 포장을 뜯었다.

하나로 이어져 있는 팬티스타킹의 형태를 확인하고 그녀는 다시금 당혹했다.

'이게 뭐야?'

언뜻 지나가는 사람들이 착용한 걸 보았을 뿐이지 자세한 스타킹의 종류와 형태에 대해 연호제는 거의 아는 바가 없었다.

사람의 다리가 두 쪽이니 스타킹도 두 쪽일 거라고 막연히 예상했는데 이건 도대체……

연호제는 벽을 등지고 서서 왼쪽 다리 먼저 스타킹에 꿰어 넣었다.

그렇게 무릎 부근까지 끌어올린 다음 남은 오른쪽 다리로도 마저 스타킹을 신어보았다.

'이렇게 입는 게 맞는 건가?'

연호제는 스타킹이 걸린 양 무릎을 구부린 엉거주춤한 자세로 서서 거울에 모습을 비춰보았다.

그런 채로 몸을 이리저리 돌려보니 아직 한참을 더 끌어올려야 한다는 답이 나왔다.

'으윽, 기분 나빠!'

연호제는 찢어지지 않도록 조심스럽게 스타킹을 끌어올렸다.

스타킹은 늘씬한 허벅지를 거쳐 올라가 그녀의 엉덩이 전역을 감싸며 살갗에 들러붙었다.

처음 신어보는 스타킹의 야릇한 감촉. 연호제는 닭살이 다 돋을 지경이었다.

몸을 살짝만 움직여도 종아리에서부터 엉덩이에 이르기까지 괴상한 감각이 신랄하게 일어나고 있었다.

연호제는 벽에 이마를 부딪었다. 도저히 이런 꼴을 하고 밖으로 나갈 자신이 없었다.

"아직 멀었어?"

탈의실 밖의 가까운 거리에서 채빈의 채근하는 목소리가 들려왔다. 연호제는 더 이상 지체할 수가 없음을 깨닫고 입을 앙다문 채 문을 벌컥 열었다.

"다 입었어. 조롱해. 마음껏 조롱해도 좋아."

연호제는 문을 열자마자 채빈 반응에 앞서 던지듯이 내밀었다.

경직된 몸은 천장을 뚫을 기세로 꼿꼿이 세우고 있었다. 그렇게라도 하지 않으면 부끄러워서 온몸이 부서질 것만 같았으니까.

그런데 이상했다.

채빈의 반응이 없었다.

의아함을 느낀 연호제가 시선을 앞으로 향했다.

채빈은 목전에 그대로 있었다. 입을 반쯤 벌린 채 넋이 나간 눈빛을 하고서.

"왜 그러지?"

"어… 아니… 아무것도……."

채빈은 어물어물 말을 잇지 못하고 있었다.

그 대신 몇 걸음 떨어져 있던 여직원이 달려와 박수를 치며 끼어들었다.

"어머나, 어머나. 너무 예쁘세요. 어쩜 이렇게 잘 어울릴 수가 있어요? 제가 그랬잖아요. 다리가 길어서 플리츠가 기가 막히게 어울린다고요. 그냥 긴 것도 아니고 엄청 예쁘다. 이렇게 예쁜 다리를 갖고 왜 트레이닝복을 입으세요?"

언제나 비슷한 패턴인 백화점 직원의 너스레. 하지만 채빈도 이번만큼은 그 너스레가 진짜라고 믿을 수밖에 없었다.

연호제의 가늘고 긴 팔다리와 호리호리한 몸매는 원피스를 완벽하게 소화하고 있었다.

거기에 연호제 특유의 서늘한 표정이 더해지면서 완성된 매력이 잠시나마 채빈을 어지럽게 만들었다.

채빈은 이것이 자신만의 착각이 아님을 깨달았다.

쇼핑을 하고 있던 주위의 고객들이 모두 수줍게 선 연호제만을 바라보고 있었던 것이다.

채빈은 저도 모르게 우쭐한 기분에 사로잡혀 가슴을 한껏 폈다.

"계산할게요. 옷은 저렇게 입고 가요."

"호호, 네. 고객님, 이쪽으로 오세요."

"이, 이채빈."

"그대로 입고 따라와."

채빈이 계산대 앞으로 가 체크카드를 꺼내 들었다.

연호제는 자신을 향한 사람들의 시선에 몸 둘 바를 몰라 연신 양팔만 문질러대고 있었다.

"네이비 플리츠 원피스, 47만 9,000원입니다. 카드······."

"아니요, 다 없어도 되니까 계산만 해주세요."

연호제가 채빈의 등을 손가락으로 살며시 찔렀다.

"너무 비싼 거 아니야?"

"이 정도 가지고 무슨. 그리고 돈 많으니까 걱정 마."

매장을 나서는 길에 재활용 수거함이 눈에 밟혔다.

채빈은 연호제가 들고 있던 낡은 트레이닝복을 빼앗아 거기에 집어넣고는 말했다.

"처음부터 시간을 너무 지체해 버렸어. 이제부터 서두르자."

"서두르다니… 또 뭘 하려고?"

연호제가 겁에 질린 얼굴로 더듬더듬 물었다.

채빈은 정면을 향해 씩 웃어 보이는 얼굴로 대답을 대신했다.

그것만으로도 연호제는 등골에 소름이 쫙 끼쳤다.

벌써 채빈은 매장 한곳을 향해 저만치 나아가는 중이었다.

"이걸로 주세요."

"블루 하운드 실프 스카프요. 13만 9,000원입니다, 고객님."

"그만해……."

"그걸로 할게요."

"너무 잘 고르셨네요. 요즘 가격대 디자인으로 제일 잘나가는 숄더백 중 하나예요. 52만 8,000원입니다, 고객님."

"이러지 마……."

"목걸이는 그거하고요. 귀고리는 이거 주세요."

"벨라루체 목걸이와 에스쁘와 귀고리요. 참 잘 어울리는 조합이죠. 목걸이 110만 원에 귀고리 78만 원. 합쳐서 188만 원입니다, 고객님."

"제발 부탁이야……."

거듭되는 간청에도 아랑곳없이 채빈은 자신의 의지를 끝까지 관철시키고야 말았다.

그리고 기어이 구입한 모든 장비를 연호제에게 장착시켰다.

"이제 마지막 부탁이 있는데."

"아직도?!"

연호제가 사색이 되어 뒷걸음질을 쳤다. 더 이상의 쇼핑이라면 사양하고 싶었다.

채빈은 진지한 기색으로 고개를 끄덕이며 연호제의 머리 위를 가리키고 말했다.

"풀어보면 안 될까?"

"풀라니 뭘? 머리카락 말인가?"

"항상 말총머리만 하잖아. 풀어서 늘어뜨린 것도 한 번 보고 싶은데. 안 돼?"

기대를 품은 채빈의 눈빛을 연호제는 어쩐지 거부하기가 어려웠다.

한편으로는 이 판국에 더 거리낄 게 뭐가 있겠냐는 생각도 있었다.

"정말 마지막 부탁이지?"

"정말이야."

"후우."

연호제는 될 대로 되란 심정으로 머리끈을 잡아당겼다.

야자수처럼 싱싱하게 뻗어 있던 머리칼이 은은한 향기를 흩뿌리며 어깨 위로 풀어헤쳐졌다.

"이제 됐어?"

"이야, 무지 예쁘네."

"뭐라고?"

"잘 어울린다. 가끔 그렇게 늘어뜨리고 다녀라."

연호제가 두 눈을 치켜떴다.

이런 말을 듣게 될 거라고는 예상하지 못했었다.

급습하듯 내던진 채빈의 한마디 말은 항시 무거움을 자랑으로 삼던 연호제의 심장을 콩닥콩닥 뛰게 만들었다.

연호제는 채빈의 눈길을 피해 고개를 돌렸다.

시선 둘 곳을 찾아 주위를 돌아본 끝에 그녀는 결국 고개를 숙였다.

그러자 완전히 탈바꿈한 자신이 보였다.

낯설기 짝이 없으면서도 영락없는 여자인 자신의 모습이

보였다.

"남자인 내가 이런 말하면 실례일 수도 있는데……."

채빈이 뺨을 긁적이며 어렵사리 말을 꺼냈다.

"내가 여자에 대해 잘 몰라. 네가 뭘 좋아하는지도 잘 모르겠고. 뭘 좋아하냐고 물어봐도 제대로 대답해줄 것 같지도 않고 해서 내 마음대로 한 번 해봤다. 대충 여자들은 쇼핑하면서 스트레스도 풀고 기분전환도 하고 그런다는 얘기는 들어서 알고 있거든."

"나는 그런……."

채빈이 연호제를 막고 자기 말을 계속했다.

"기왕에 얻은 휴가잖아. 뭐라도 해서 네 기분이 좋아지게 해주고 싶었어. 나쁜 일도 있었으니까. 그럭저럭 재미있었지? 이것도 너한테는 이계의 신박한 경험이 될 수 있는 거잖아? 그 정도로 생각하면 괜찮지 않겠어? 가끔 평소와는 다르게 살아보는 것도 좋잖아."

투박하지만 진솔한 채빈의 말이 연호제의 심금을 흔들었다.

안 그래도 뛰고 있었던 연호제의 심장은 더욱이 탄력을 받아 빠르게 요동치기 시작했다.

'나를 여자로 대해주고 있다는 얘기인가.'

기묘한 감정이 물결처럼 밀려와 연호제를 들뜨게 했다.

어디선가 싱그러운 봄바람이 불어와 온몸을 간질이는 것도 같았고, 붕 뜬 몸은 하늘을 날고 있는 것도 같았고, 아름다운 선율이 귓가를 울려대고 있는 것도 같았다.

무엇보다 지금까지 부끄럽기만 했던 어색한 옷차림이 더는 버겁지 않은 기분이었다.

버겁기는커녕 오히려 뿌듯하게 느껴지기까지 했다. 이런 기분은 난생 처음이었다.

"시간이 벌써 이렇게 됐네. 빨리 장보러 가자."

채빈이 시계를 보며 말을 꺼냈다.

연호제는 아직도 상념에 빠진 채 헤어나질 못하고 있었다.

"스쿠터는 두고 택시 타야겠다. 택시 타더라도 7시까지는 아슬아슬하겠는데. 사오라는 건 또 엄청 많아가지고."

"……."

"연호제? 뭐해?"

채빈이 연호제의 어깨를 톡톡 건드렸다. 비로소 연호제는 퍼뜩 정신을 차리고 고개를 들었다.

"왜 그래? 혹시 피곤해서 그래?"

"아, 아니다. 피곤하지 않다."

"그럼 얼른 가자."

채빈이 돌아서서 앞장을 섰다. 연호제는 가방을 팔목에 고쳐 걸고 잰걸음으로 그 뒤를 따랐다.

내려가는 에스컬레이터에서부터 밀려드는 인파로 북적였다.

들끓는 군중의 틈바구니에서 두 사람은 손을 맞잡고 있었다.

떨어지지 않기 위해 자연스레 손을 잡은 채빈은 개의치 않고 있었지만, 연호제는 달아오른 혈색을 들킬까봐 내내 조마조마한 마음이었다.

"이건 무슨 생선을 바다에 가서 직접 잡아오나? 왜 이렇게 늦는답니까?"

세만이 탁자를 손가락으로 두드리며 투덜거렸다. 주방에서 쌀을 씻고 있던 재경이 돌아보며 나무랐다.

"고작 20분 지났어요. 투덜거리지 말고 뉴스라도 좀 보면서 기다리세요. 금방 오겠죠."

"간만에 회 좀 잔뜩 먹으려고 점심도 굶었는데. 이것 좀 봐요. 등에 달라붙은 이 뱃가죽을."

"붙긴 뭐가 붙어요? 똥배만 나온 것 같은데."

"뭐요?!"

드르륵!

"왜 이렇게 소란스러워요?"

미닫이문이 활짝 열리며 양 손 가득 봉투를 든 채빈이 가게 안으로 들어섰다.

커다란 봉투 하나를 건네받으며 세만이 툴툴댔다.

"너 진짜 1분만 더 늦었어도 나 아사했다."

"마트 보니까 회가 별로인 것 같아서 횟집에서 떠왔어요. 어, 얘 왜 안 오지?"

"안 오다니? 누구 또 올 사람이 있어?"

세만이 그렇게 묻자마자 채빈의 등 너머로 연호제가 모습을 나타냈다.

한껏 치장한 연호제의 미모를 대면한 순간 세만은 반사적으로 자기 옷매무새를 고치고는 헝클어진 머리를 쓸어 넘겼다.

"처, 처음 뵙겠습니다. 위세만이라고 합니다."

"안녕하세요. 연호제입니다."

"세만이 형. 얘가 외국인이거든요. 한국말을 좀 하긴 하는데 잘하진 못하니까 이해해 주세요."

"그건 됐고……! 너 이리 와……!"

"우왓! 왜 이래요 또?"

세만이 채빈의 목을 조르듯이 하여 한구석으로 끌고 갔다.

그는 야수처럼 이를 드러내고 콧김을 픽픽 뿜어대며 채빈의 귀에 속삭이듯 소리쳤다.

"여자가 온다고 미리 말을 했어야 할 거 아냐!"

"또 그런다. 형한테는 사테라이자 뿐인데 뭘 그래요?"
"무슨 사이야? 혹시 여자 친구는 아니겠지?"
"아니에요. 그렇다고 혹시라도 형이 기대하지는 마세요. 연세를 생각하셔야지."
"아니, 이 자식이?!"
재경이 다가와 세만의 등을 찰싹 때렸다.
"아야!"
"그만 좀 하고 식사 준비나 도와요."
"저도 돕겠습니다."
연호제가 팔을 걷어붙이고 주방 쪽으로 한 걸음 나섰다. 재경이 그런 그녀를 억지로 의자에 눌러 앉혔다.
"손님은 일하는 거 아니에요. 금방 준비할 테니까 앉아서 기다리고 계세요."
세만이 볼멘소리로 물었다.
"나도 손님인데 왜 식사 준비를 하고 있는 거죠?"
"채빈아, 야채 좀 씻어줄래?"
"알았어. 야채랑 조개는 내가 다 할게."
"와, 못들은 척. 무전취식자라고 무시합니까?"
연호제는 시끌벅적 돌아가는 낡은 가게 안의 풍경을 지그시 바라보았다.
채빈과 재경, 그리고 세만 세 사람은 언성을 높여 투덜거리면서도 익숙하게 각자 맡을 일을 해내고 있었다.

"채빈아, 오늘 메뉴가 어떻게들 되냐?"

"음… 광어회랑 매운탕거리 챙겼고요. 문어숙회랑 산낙지랑 멍게랑 또… 회 질릴 때 대비해서 양장피도 작은 걸로 하나 샀어요. 아, 그리고 피조개도."

"채빈아, 나 피조개 손질 못하겠어. 피가 너무 많이 나와. 이거 원래 이런 거야?"

"어, 그거 뒷부분부터 칼질해서 따면 돼. 내가 손질할 테니까 누나는 다른 거 해."

세 사람 사이에 완연하게 녹아들어 있는 친밀함은 그들을 바라보고 있는 연호제의 마음까지 훈훈하게 만들었다.

이것은 마치…….

그랬다.

오래전 가족과 함께했던 집으로 돌아온 듯한 편안함이었다.

연호제는 은연중 자신이 웃고 있었음을 깨달았다. 그녀는 곧바로 흠칫 몸을 떨며 표정을 지웠다.

이것은 편안함과는 별개 문제의 거북한 감정이었다.

'온종일 나답지 않았어.'

오늘 그녀는 지금까지 살아온 것과는 전혀 다른 모습으로 시간을 보내고 있었다.

변화의 발단은 채빈 때문이었지만 그 와중에 스스로의 마음이 흔들린 것도 부정할 수 없는 사실이었다.
부산스럽게 밀려드는 감정의 파편들은 그녀를 조금 위축시켰다.
정말로 이래도 되는 걸까, 하는 마음과 함께.
"맛있겠다!"
준비한 음식들이 상 한가득 놓였다.
네 사람은 상을 가운데 두고 둘러앉아 각자 젓가락을 집어 들었다.
연호제가 두 손을 모아 목례부터 했다.
"잘 먹겠습니다."
"많이 드세요. 저기, 근데… 호칭을 어떻게 해야 하지?"
세만의 말에 채빈이 대신 답했다.
"아까 서로 통성명 하지 않았어요? 연호제예요. 성이 연이고 이름이 호제."
"으음, 아까는 제대로 못 들어서. 근데 어쩐지 발음이 입에 잘 안 붙는데. 어쨌든 만나서 반갑습니다. 호제 씨… 이렇게 부르면 되죠? 아, 한잔 받으세요."
"감사합니다."
연호제는 망설이는 기색도 보이지 않고 바로 잔을 들어 공손히 내밀었다.

술을 받은 그녀는 바로 일어나 병을 들더니 세만에게도 술을 따라주었다.

'술 좀 마시나?'

주도(酒道)에 꽤나 익숙한 듯한 연호제의 몸가짐은 솔직히 채빈에게 조금 의외였다.

어쨌든 술에 대해서는 그다지 걱정할 부분이 없을 것 같아 채빈은 안심했다.

"호제 씨는 유학 중인가 봐요? 어디, 중국에서 오셨습니까?"

빈 잔에 새 술을 따르며 세만이 물었다. 연호제는 젓가락을 내려놓고 공손히 대답했다.

"네, 중국입니다. 공부하러 한국 왔습니다."

"근데 한국말도 은근히 잘 하시네요?"

"꾸준히 공부하고 있습니다."

"머리 엄청 좋으신가 봐. 한국말이 이게, 저도 한국인이지만 보통 어려운 언어가 아니거든요. 우리 회사 들어올 생각 없어요? 우리 회사는 호제 씨처럼 빛나는 미모에 우수한 두뇌를 가진 인재를 필요로 하고 있습니다."

"아니, 본 지 얼마나 됐다고 벌써부터 회사 얘기예요?"

"넌 가만있어. 어떠세요? 전공이 뭐건 상관없습니다. 월급도 걱정하지 마시고. 우리 회사 좋아요."

"생각해 보겠습니다."

"이야, 정말이죠? 하하하. 자, 다들 건배합시다."

쨍!

흐르는 시간 속에서 화기애애한 분위기는 점차 무르익어 가고 있었다.

한 구석에 놓이는 빈 술병의 숫자가 늘면서 연호제도 취기를 느끼기 시작했다.

연호제는 원래도 술을 못 마시는 체질이 아니었다. 그리고 오늘은 유독 술맛이 좋았다.

재경과 세만은 그녀를 배려해 말을 천천히 했고 연호제는 그저 즐거웠다. 이따금 앞니를 살짝 드러내며 웃기까지 했다.

두 시간이 조금 안 되어 안주가 동이 났다.

세만은 주방으로 가 재경이 미리 올려두었던 매운탕 냄비를 가지고 왔다.

보글보글 끓고 있는 냄비를 내려놓으며 세만은 소리치듯 말했다.

"자, 이제부터 매운탕과 함께 2차전 돌입이오!"

간만에 모이는 이 자리가 세만은 여간 즐거운 게 아니었다.

술기운과 함께 본격적으로 분위기를 타기 시작한 채빈과 재경도 마찬가지였다.

"다들 뭐해요? 얼른 잔 들어요."

"세만 씨, 제발 오늘은 좀 천천히 마시자니까요."

"충분히 천천히 마시고 있습니다. 그리고 저 오늘 컨디션 좋습니다. 다섯 병까지는 끄덕도 없어요. 자, 마셔요 마셔. 빨리 마시고 또 한 궤짝 사오게."

쨍!

"꺅!"

세만이 잔을 깨뜨릴 정도로 세차게 건배했다.

술잔이 흔들리면서 사방으로 술이 튀었다.

뒤로 몸을 피하는 재경 앞으로 세만의 유쾌한 웃음소리가 이어졌다. 그 속에서 연호제도 웃고 있었다.

"즐거운 거야?"

채빈이 연호제의 웃는 얼굴을 돌아보며 속삭이듯 물었다.

연호제는 발갛게 상기된 낯 위로 웃음을 유지한 채 고개를 끄덕여 보였다. 그녀는 진심으로 즐거워하고 있었다.

술자리를 시작하기 직전까지만 해도 남아 있었던 거북한 감정은 이미 한참 전에 사라지고 없었다.

"처음인 것 같다. 이 정도로 즐거운 기분은."

"다행이다. 솔직히 조금 걱정했어. 네가 그다지 즐겁지 않을까 봐."

"아니다. 이런 자리를 만들어줘서 그대에게 감사한다."

그렇게 말하는 연호제는 채빈의 두 눈을 똑바로 응시하고 있었다.
 술기운에 힘입은 지금만큼은 채빈을 똑바로 바라볼 수가 있었기 때문이었다.
 언제 이런 자리가 또 마련될지 모르는 만큼 술에 취한 이 시간만큼은 오래도록 채빈을 바라보고 있고 싶었다.
 그러자 이제는 채빈쪽에서 먼저 머쓱해져 시선을 딴 데로 돌렸다.
 상 위에서는 별것 아닌 잡담이 쉴 새 없이 이어지고 있었다.
 연호제는 연신 술을 홀짝이면서도 그들의 대화에는 귀를 쫑긋 기울이고 있었다.
 "채빈이랑은 주유소에서 처음 만났죠. 끅, 그때만 해도 솜털이 보송보송한 녀석이었는데. 어느 날 나가더니 재경 씨하고 붕어빵을 팔고 있더라구요? 끅."
 "솔직히 그때 세만이 형 용모는 좀 심각했어요."
 "뭐가 어째?"
 "재경 누나, 세만이 형 처음 봤을 때 기억하지? 족발 먹을 때 같이 만났던 날 말야."
 "물론 기억하지. 그 시절 세만 씨 좀 심하긴 했지."
 "와, 이 사람들 역사 왜곡하네. 난 언제나 말끔했어!"
 "하하하."

연호제는 고작 절반가량밖에 알아들을 수 없었지만 그래도 듣기를 멈추지 않았다.

이 사람들에 대해서 좀 더 알고 싶었다. 보다 정확히 말하자면 채빈을 둘러싼 사람들에 대해 자세히 알고 싶었다.

생각해 보면 채빈이라는 사람에 대해 아는 것이 별로 없었다.

그런 생각을 하다 보니 섭섭한 마음까지 생겨났다.

스스로 생각해도 어처구니없는 감정. 연호제는 또 한잔의 술을 목젖으로 넘기며 웃고 말아버렸다.

무슨 생각이 들건 괘념치 않기로 했다. 어차피 오늘은 시작부터 끝까지 당황스러운 날이다.

"끅, 술이 벌써 다 떨어졌네."

세만이 빈 소주병의 마지막 한 방울까지 잔에 탈탈 털고는 일어섰다.

지갑을 챙겨 가게를 나서는 그의 뒤를 재경이 웃옷을 입고 따랐다.

"재경 씨는 여기 있어요."

"같이 가요. 많이 마셨어요. 채빈아, 술 말고 뭐 필요한 거 있어? 마른안주 좀 사올까?"

"있으면 좋지. 조심히 갔다 와."

가장 큰 목소리로 대화를 주도했던 세만이 사라지자 찬물을 끼얹은 것처럼 주변이 고요해졌다.
 채빈은 자기 잔에 반쯤 남은 소주를 들이마시고는 옆의 연호제를 돌아보았다.
 그녀가 여전히 자신을 바라보고 있다는 사실을 안 채빈은 뜨악해서 시선을 도로 거두어들였다.
 "왜 그렇게 봐. 뭐 묻었냐?"
 그렇게 장난스럽게 물을 때까지만 해도 채빈은 전혀 모르고 있었다.
 연호제는 간만에 술을 마신 탓에 이미 만취한 상태라는 사실을.
 제아무리 술이 약하지 않은 연호제라지만 꽤나 많이 마셔 버렸다.
 그것도 익숙하지도 않은 이계의 술인 소주를 몇 병이나 마셨다.
 그렇게 마시고도 온건한 정신을 유지한다는 게 더 이상할 노릇이었다.
 그것뿐만이 아니었다. 지금 연호제가 무슨 생각을 하고 있는지.
 어떠한 마음을 품고 자신을 바라보고 있는지도 채빈은 전혀 몰랐다. 아니, 알 수 있을 턱이 없었다.
 "다르게 살아보려고."

"어?"

"그대의 말대로 다르게 살아보려고. 다르게 살아보는 것도 나쁘지 않을 듯해서."

"저기, 혹시 취했어?"

연호제는 채빈의 말을 한 귀로 흘리며 마음을 다잡았다.

다르게 살아보자.

오늘만큼은 복수로 이를 갈며 빠듯하게 살아왔던 기억들을 날려보자.

두서없이 밀려드는 감정들을 억누르지 말고 솔직하게 반응해 보자.

"읍?"

그래서 연호제는 채빈에게 입을 맞췄다.

채빈의 말대로 다르게 살아보기 위해서. 단 하루라도 좋으니 진짜 자기 자신의 모습으로 살아보기 위해서.

채빈은 얼어붙었다. 지금 자신에게 입을 맞춘 여자가 자기가 아는 그 여자가 맞는지 의심스러울 지경이었다.

연호제는 더욱 세게 입술을 밀착시키며 두 팔을 올려 채빈의 목을 끌어안았다.

가게 밖에서 재경과 세만의 발소리가 가까워져 오고 있었다.

제6장

드로제의 용광로

이계
마왕성

15살의 로이드 모빅은 화염 속에서 싸우고 있었다.

사방이 온통 절규의 도가니였다.

대륙 각지에서 계속되는 전쟁은 백성들을 지옥에 빠뜨리고 있었다.

안식처를 찾아 떠돌던 로이드가 잠시 머물고 있었던 제국 변경의 이 작은 마을에도 전쟁의 마수는 어김없이 뻗어온 참이었다.

"엘리아! 엘리아!"

소리쳐 여동생을 찾는 사이에도 적들은 끊임없이 그의 눈앞으로 들이닥치고 있었다.
 제국인지 왕국인지 소속조차 구분되지 않는 적들.
 그들 역시 로이드가 어떤 인간인지 알려 하지 않고 창칼부터 휘둘러대기 바빴다.
 그것이 지금 세상의 전쟁 방식이었다. 남자는 죽이고 여자와 재물은 약탈했다.
 모든 병사가 그것을 당연하게 여기고 행동했다.
 로이드가 한낱 소년이라는 사실도 그들에겐 하등 문제가 되질 않았다.
 칼날이 날아들었다. 로이드는 마법을 발동할 틈을 찾지 못하고 몸을 숙여 피했다.
 마침 바닥에 떨어져 있는 단도가 눈에 들어왔다.
 로이드는 그걸 주워 병사의 발등에 힘껏 내리꽂았다.
 푹!
 "아아아악!"
 단도에 발등을 찔린 병사가 뒤로 나동그라졌다.
 그 와중에 로이드의 측면으로 또 다른 병사의 창이 날아들고 있었다.
 로이드는 다급하게 몸을 일으켜 세웠으나 완전히 피해내기엔 늦은 시점이었다.
 푸우욱!

"끄으윽……!"

창끝이 로이드의 왼쪽 어깻죽지에 쑤셔 박혔다.

로이드는 격한 통증으로 하늘이 샛노래질 정도였지만 이를 악물고 창대를 붙잡았다.

병사가 도로 창을 뽑아내려 해도 단단히 붙잡고 놔주지 않았다.

앞서거니 뒤서거니 힘의 줄다리기 속에서 로이드는 늘어뜨린 오른손에 마나를 모았다.

퍼억!

굉음과 함께 마나 애로우가 작렬했다.

병사의 머리가 폭발하면서 피와 뇌수를 사방으로 흩뿌렸다.

목을 잃은 병사가 무너지고 로이드도 창과 함께 무릎을 꿇었다.

창을 뽑아보려고 시도했지만 통증이 심해 무리였다.

결국 로이드는 뽑는 대신 박힌 부위 가까이에서 창대를 자르는 방법을 택했다.

"하아……! 하아……!"

로이드는 호흡을 고르며 온몸을 부르르 떨었다.

피투성이의 사방을 둘러보니 검은 연기와 불길로 휘감긴 마을 곳곳에서는 여전히 소규모의 싸움이 이어지고 있었다.

드로제의 용광로

북쪽 입구 방앗간 길목에서는 몇몇 아녀자들이 농기구를 들고 병사들과 맞서고 있었다.

로이드는 거기에 엘리아가 섞여있지 않음을 확인하고는 돌아섰다.

마을 사람들의 안위를 걱정해줄 시간도 이유도 없었다.

남쪽 공방으로 발길을 서두르는 로이드의 등 너머에서 병사들은 아녀자들을 벽에 몰아넣은 다음 창으로 마구 찔러대고 있었다.

구슬픈 절규가 붉은 하늘을 쩌렁쩌렁 울렸다.

'엘리아……!'

15살 소년 로이드의 상태는 결코 성하다고 볼 수 없었다.

불과 30분 동안 수십 명이나 되는 성인 병사들과 혈전을 치렀다.

곤봉을 막다가 손가락 4개가 부러졌고 복부와 오른쪽 다리에는 길고 깊은 검상을 입었다.

그리고 왼쪽 어깨에는 잘라내고 남은 창대까지 처박혀 있었다.

보통 정신력을 가진 또래의 소년들이라면 벌써 의식을 잃었거나 널브러져 울부짖어야 마땅할 상황이었다.

그러나 로이드는 포기할 수 없었다.

주저앉고 싶은 욕구가 굴뚝같았지만 멈출 수는 없었다.

세상 단 하나뿐인 동생을 구해내기 전에는 절대로.

공방 건물을 향해 만신창이의 몸을 질질 끌며 로이드는 생각했다.

공방 외에는 전 지역의 수색을 끝냈다. 엘리아는 반드시 공방에 있을 것이다.

만약 공방에서도 찾지 못한다면? 그 다음부터의 인생은 생각조차 하고 싶지 않았다.

끼이익!

"엘리아!"

15살의 미숙한 소년은 공방 문을 열어젖히자마자 동생의 이름을 소리쳐 불렀다.

어두운 공방 내부는 조용했다.

로이드는 길게 드리워진 거미줄을 헤치며 걸음을 내딛었다.

등 뒤에서 쾅, 하고 문이 닫히는 소리가 울렸다.

아니, 로이드는 정말로 그런 줄 알았다.

문이 닫히는 소리라고 생각했는데 어이없게도 자기 몸이 앞으로 고꾸라지고 있었다.

"거 봐, 이쪽으로 오고 있었다니깐!"

어둠에 숨어 있다가 로이드의 뒤통수를 후려친 병사가 곤봉을 붕붕 돌리며 말했다.

로이드는 얼굴을 바닥에 처박은 채 어떻게든 일어서려고 왼손을 뻗었다.

병사가 곤봉을 휘둘러 로이드의 그 손등을 내려찍었다.

콰직!

"아아아아악!"

손뼈가 으스러지면서 로이드의 두 눈이 까뒤집혔다. 찢어질 듯 입을 벌린 채 꺽꺽거리며 숨을 헐떡이는데 그 얼굴 위로 병사가 또 한 차례 발길질을 했다.

로이드는 코와 입으로 핏물을 토해내며 뒤로 나자빠졌다.

"뭐야, 바트! 왜 이렇게 시끄러워!"

바닥 아래 지하실 쪽에서 외침이 들려왔다.

로이드를 쓰러뜨린 병사가 지하실로 이어진 계단의 어둠에 대고 소리쳐 대답했다.

"어, 기어들어온 꼬맹이가 있어서!"

"꼬맹이? 몇 살인데?"

"뭐 열다섯, 열여섯 정도 먹은 놈 같은데!"

"또 기어드는 놈 없지?!"

병사는 창가로 가 폐허로 변한 마을의 동향을 살폈다.

가까이에 보이는 인적은 없었다.

마을 사람은 이미 거의 전부가 죽었는지 들려오는 비명소리도 없었다.

"없는 것 같아! 거의 다 끝났나봐!"

"대충 처리하고 내려와! 두 시간만 지나면 이 마을 떠야 된다고! 그 사이에 세 번은 해야 되는데 너 때문에 소란스러워서 집중이 안 되잖아!"

"헤헤헤, 알았어! 금방 내려갈 테니 먼저 시작하고 있으라고! 내가 찜한 그 애는 건드리지 마!"

"변태 같은 새끼!"

병사는 곤봉을 어깨 위로 치켜들고 한 손으로 로이드의 발목을 잡아들었다.

그리고 구석의 화롯가로 질질 끌고 가면서 말했다.

"너무 겁먹지 마라. 고통 없이 한 방으로 끝내줄게. 네 운명이 이런 걸 어쩌겠냐? 깔끔하게 화장도 해줄 테니 좋은 곳으로 가라구."

병사의 머릿속은 지하실에 가둔 여자들을 맛볼 욕망만으로 가득 차 있었다.

그는 꿈에도 알아채지 못하고 있었다. 자신의 손에 질질 끌려오는 소년이 마법을 익혔다는 사실을. 그리고 지금 이 순간에도 손아귀에 마나를 모으고 있다는 사실을.

퍼억!

털썩!

무릎을 꿇은 병사는 이미 머리가 없었다.

로이드는 병사의 뇌수와 자신의 피로 범벅인 얼굴을 쳐들고 일어섰다.

찢어질 듯 부릅뜬 그의 두 눈은 지하실로 내려가는 층계에 꽂혀 있었다.

"아씨, 깜짝이야! 조용히 좀 처리하라니까!"

천장이 울리는 소리에 지하실에 있던 병사 한 명이 투덜거렸다.

그는 지금 막 욕구를 해소한 뒤 아랫도리를 끌어올리는 중이었다.

사면의 벽에 하나씩 박힌 횃불이 지하실 내부를 밝히고 있었다.

비좁은 지하실은 5명의 병사와 4명의 여자로 꽉 찬 느낌이었다.

4명의 여자 중 30대로 보이는 여자는 거듭되는 성적 학대와 폭행에 숨이 끊겨 있었고 20대 둘은 이제 막 실신한 상태였다.

"제기랄, 정신을 잃으면 할 맛이 안 나는데."

병사가 중얼거리며 기절한 여자를 발로 툭툭 쳤다. 여자는 완전히 의식을 잃어버린 듯했다.

미동조차 없이 벌어진 입으로 침을 질질 흘려대고 있었다.

"흐음……?"

병사 5명의 시선은 어느덧 지하실의 한 구석으로 쏠리고 있었다.

거기엔 10살이 채 안된 금발의 어린 소녀가 무릎을 모으고 앉아 있었다.

헝클어진 머리칼 사이로 비춰지는 소녀의 두 눈은 생애 처음 겪는 격한 공포로 뒤흔들리고 있었다.

"안되겠지?"

병사 하나가 난처하다는 기색으로 왼편의 동료에게 의향을 물었다.

질문을 받은 동료는 즉답을 피하고는 다시 자기 왼편의 동료를 돌아보며 대답할 기회를 넘겼다.

그렇게 결국 4번째 병사의 차례가 왔다. 그는 낮은 신음 끝에 혀를 차더니 입을 열었다.

"안될 건 없지."

"야, 너무 어리잖아."

"어차피 바트가 내려오면 그렇게 되게 돼 있어."

"그래도······."

"생각해 봐, 이제 나가면 여자가 있겠냐? 다 죽었거나 임자 찾았지. 그리고 두 시간 지나면 집결이야. 이제 왕국령으로 들어가면 언제 또 여자 맛 볼 기회가 생기겠냐? 안 그래?"

"그건 그렇지만 아무리 그래도 쟤는 좀······."

동료들이 계속 망설이자 병사는 짜증을 냈다.

"아, 닥쳐. 내가 먼저 할 거야. 너희들은 구경이나 해. 나중에 끼고 싶으면 끼든가."

병사가 소녀에게로 다가섰다.

등 뒤에서 동료들은 여전히 머뭇거렸지만 한편으로는 사뭇 흥분한 기색을 감추지 못하고 있었다.

뱀처럼 가늘게 뜬 눈으로 소녀를 주시하면서 타는 입술을 혀로 적시는 것이었다.

"울지 마. 이리와 봐. 몇 살이니? 여덟? 아홉?"

대표로 나선 병사가 음험한 웃음을 흘리며 소녀에게 기듯이 다가갔다.

소녀는 울음을 삼키며 한껏 뒤로 몸을 젖혔지만 더는 피할 곳이 없었다.

병사의 투박한 손아귀가 소녀의 뺨을 향해 나아가고 있었다.

바로 그 찰나의 순간.

병사들의 눈앞에 섬광이 일었다.

퍼억!

"갸아아아아아아아악!"

빛의 잔상이 채 가시기도 전에 비명이 터졌다.

소녀를 건드리려던 병사가 두 손으로 자기 사타구니를 감싼 채 데굴데굴 굴렀다.

손가락 마디 사이에서는 눈이 돌아갈 만큼 많은 양의 핏물이 콸콸 새어 나오고 있었다.

"뭐야! 무슨 일이야!"

"저, 저기 좀 봐!"

"아니, 저 새끼가! 언제 기어든 새끼야!"

로이드가 층계참의 벽면에 아픈 몸을 기대고 서 있었다.

병사들을 향해 뻗고 있는 그의 두 손바닥에는 강렬한 마나가 고여 있었다.

"주, 죽여!"

병사들이 저마다 무기를 빼들고 덤벼들었다.

그것은 무가치한 행위였다.

로이드는 이미 그들 모두에게 매직 타깃을 걸어둔 상태였다.

손바닥에 응축된 마나가 빛의 폭발을 일으키면서 네 갈래로 쏘아져 나아갔다.

퍼퍼퍼퍽!

"끄아아아아악!"

"어어억! 어어어어어억!"

병사 4명이 동시다발적으로 자기 사타구니를 부여잡은 채 고꾸라졌다.

터진 가랑이 사이에서 폭포수처럼 쏟아진 핏물은 빠르게 번져 좁은 지하실 전역을 붉게 물들였다.

"이리 와."

로이드가 역겨운 핏물을 피해 금발 소녀를 들어 품 안 가득 끌어안았다.

이 소녀야말로 세상 단 하나뿐인 혈육이자 목숨보다 더 사랑하는 8살 터울의 어린 동생, 엘리아였다.

"무서웠어요, 오라버니."

"이제 괜찮아. 다 끝났어. 걱정하지 마."

로이드는 엘리아의 등을 토닥이며 주위를 돌아보았다.

중요 부위를 잃은 5명의 병사들은 어떻게든 탈출하려 계단 쪽으로 애처롭게 몸을 기고 있었다.

그 와중에 기절했던 두 여자 중 하나가 소란을 느끼고 눈을 떴다.

"히, 히이이이익!"

질펀한 피의 바다로 변모한 주변을 보자마자 여자가 비명을 뽑아냈다.

로이드는 한 손으로 엘리아를 안은 채 다가갔다. 그리고는 여자의 턱을 잡고 얼굴을 치켜들었다.

"정신 차려."

"히, 히이… 히이이……."

로이드와 시선을 마주한 여자의 두 눈은 거의 초점을 잃은 상태였다.

로이드는 그녀가 정신을 차리도록 뺨을 두 차례 후려치고는 으르렁거리듯 말을 이었다.

"겁에 질려 몸부림쳐봤자 도우러 올 사람 하나도 없어. 네 목숨 네가 챙겨. 죽고 싶으면 계속 비명을 질러도 되지만 그게 아니면 닥치고 기절한 네 친구 챙겨서 도망쳐."

여자가 고개를 미친 듯이 끄덕였다.

로이드 덕분에 어느 정도 정신이 돌아온 그녀는 곁에 기절한 여자를 부축해 비틀거리며 층계를 밟아 올랐다.

"우으으… 사, 살려줘……!"

"너무 아파… 치료를 받아야 할 것 같아……!"

이제 지하실에 남아 있는 건 로이드와 엘리아, 그리고 자격도 없이 울부짖는 5명의 병사들이었다.

로이드는 그들의 애원을 외면하고 층계를 밟아 올라갔다.

1층으로 올라온 로이드는 지하실 문을 내려 닫은 뒤 철로 된 걸쇠를 걸었다.

지하실의 병사들이 과다출혈로 죽건 굶어서 죽건 세상의 빛을 볼 수 없도록.

설령 희박한 확률로 구출되더라도 괜찮다고 로이드는 생각했다.

평생 병신으로 고생스럽게 살아가라지.

"떠나자."

"어디로요?"

"우리가 편안히 살 수 있는 곳이라면 어디든. 업혀라."

"저는 괜찮아요, 오라버니. 충분히 걸을 수 있어요. 오라버니야말로 잔뜩 다쳤잖아요. 앗!"

로이드가 한 팔로 엘리아를 돌려 등에 업었다.

그런 다음 바닥에 널브러져 있던 병사의 옷가지를 찢어 엘리아와 자신의 몸을 단단히 동여맸다.

"꽉 잡고 절대로 놓지 마라. 마구간에 도착해서 말을 타고 도망칠 거야. 그때까지만 조심하면 돼."

"네, 오라버니."

엘리아가 로이드의 목을 끌어안았다.

로이드는 신중하게 창밖의 풍경을 샅샅이 살펴본 다음 공방을 나섰다.

그리고 외곽의 그늘을 틈타 마구간을 향해 달리기 시작했다.

사방은 고요했고 아무도 보이지 않았다.

마을 광장의 종탑 위에서 크로스 보우를 겨누고 있는 병사 하나를 빼고는.

푸욱!

로이드가 달리던 발을 멈추고 고개를 떨어뜨렸다.

자신의 배를 뚫고 나온 화살촉이 보였다.

뾰족한 화살촉끝에서 핏물이 똑똑 떨어지고 있었다.

"엘… 리… 아?"

로이드는 자신의 아픔은 챙길 겨를도 없이 사색이 되어 고개를 뒤로 꺾었다.

로이드를 관통한 화살은 엘리아도 관통한 상태였다.

두 눈을 가늘게 뜬 채 엘리아는 잠이 들려는 듯 고개를 떨어뜨리고 있었다.

"엘리아!"

로이드가 소리치며 튕기듯이 상체를 일으켰다.

온몸이 식은땀으로 흥건히 젖어 있었다.

가슴이 들썩이도록 거친 숨을 몰아쉬며 로이드는 주위를 돌아보았다.

마탑에 위치한 자신의 침실이었다. 커튼 사이로 보이는 창밖의 세상은 아직 깊은 밤이었다.

'꿈인가.'

로이드는 악몽의 잔해를 떨쳐내듯 고개를 세차게 뒤흔들었다. 처음 꾸는 꿈은 아니었지만 익숙해지기엔 매번 너무 선명한 꿈이었다.

항상 같은 부분에서 끝이 나는 꿈.

오늘도 마찬가지로 로이드는 똑같은 부분에서 깨어났다.

로이드는 갈증을 느끼고 탁자의 물병을 집어 들었다.

손아귀에 느껴지는 물의 온도는 미적지근했다.

하지만 그가 살며시 마나를 흘려 넣자 순식간에 살얼음이 뜨는 차가운 물로 변했다.

"후우……!"

냉수를 몇 모금 마시고 나자 얼마간 진정이 됐다.

오늘은 마르티스 후작에게 얻은 정보를 토대로 드로제의 용광로를 찾아가는 날이었다.

악몽을 꾼 것만 제외하면 컨디션은 그럭저럭 괜찮은 편이었다.

로이드는 시계를 보았다.

아직 시간은 한참 남아 있었지만 그는 침대에서 나왔다. 아무래도 다시 잠들긴 그른 듯해서였다.

방을 나온 로이드는 복도를 가로지르며 생각했다.

항상 같은 부분에서 꿈이 끝나는 이유가 무엇일까.

보초병들의 인사도 받지 못하고 그는 생각에 골몰했다.

지금까지는 단순히 충격 때문이라고만 생각해 왔다.

물론 그 당시의 충격이 약했던 것은 아니었다.

엘리아의 몸에 화살이 박혔을 때 세상이 전부 무너지는 듯했으니까.

하지만 과연 그것이 이 꿈을 꾸는 이유의 전부인가. 항상 그 부분에서 꿈이 끝나고 깨어나는 이유 역시 단순한 충격 탓이라고 여겨도 되는 것인가.

'어쩌면 나는……..'

로이드는 거기까지 생각하다 말고 억세게 입술을 깨물었다. 아무리 생각해도 그땐 그럴 수밖에 없었다. 시간을 거슬러 다시 그 순간을 맞게 되더라도 자신은 그렇게 할 것이 분명했다. 그러니까, 이것은 절대로 후회할 일이 아니었다. 설령 틀린 믿음이라고 해도 그는 그렇게 믿어야만 했다.

문득 정신을 차려 보니 엘리아의 방 앞이었다.

로이드는 멍하니 서서 닫힌 문을 바라보았다. 그러고 보니 걷는 내내 엘리아가 보고 싶다고 생각했던 것 같기도 했다.

두 눈으로 확인하고 싶어졌다. 이 문 너머에 엘리아가 있는지. 아무 일 없이 편안하게 잠들어 있는지.

로이드는 손을 뻗어 문고리를 잡았다.

엘리아의 방문은 열려 있었다.

방으로 들어선 로이드는 조용히 등 뒤로 문을 닫았다.

엘리아는 자신의 몸에 비해 지나치게 큰 침대 한가운데에 이불을 덮고 잠들어 있었다.

사이드 테이블 위에는 그녀가 간밤에 마시다 만 것으로 보이는 과실주 병과 잔이 놓여 있었다.
 로이드는 침대로 올라가 엘리아의 곁에 모로 누웠다.
 그렇게 얼굴을 가까이 하고 새근새근 새어나오는 엘리아의 숨소리를 들었다.
 가느다란 숨결 속에 사과주의 향기가 섞여 나오고 있었다.
 로이드는 엘리아의 한 손을 끌어당겼다. 그리고 그 자그마한 손바닥에 얼굴을 묻었다.
 자신과 같은 체취를 가진 동생의 손은 따스하고 편안했다.
 악몽에서 깨어나 다시 잠들지 못할 것 같았던 로이드는 엘리아 곁에서 너무도 수월히 잠이 들어버렸다.
 로이드가 잠이 들고 잠시 후.
 엘리아는 감고 있었던 눈을 살며시 떴다.
 로이드가 방에 들어오기 전부터 그녀는 깨어 있었다.
 자신의 손에 얼굴을 묻은 오라버니를 애틋한 눈길로 바라보며 엘리아는 속으로 물었다.
 '모르겠어요, 오라버니. 제가 어떻게 할까요.'
 아기처럼 잠든 로이드는 대답이 없었다.
 엘리아는 이불을 끌어당겨 로이드에게 덮어 주었다.
 촉촉이 젖은 그녀의 두 눈은 오래도록 오라버니의 잠든 얼굴을 지켜보았다.
 아침이 오기까지는 아직 멀었다.

"확실하지?"

시토라는 종이에 그려진 텔레포트 경로를 훑어보며 다시금 확인하듯 물었다.

"이 판국에 무엇을 더 숨긴단 말이오. 약속이나 반드시 지켜주시오. 드로제의 용광로를 찾으면 꼭 막내아들을……."

"몇 번을 말했어? 걱정하지 말고 기다리고 있어."

마르티스는 피폐한 안색으로 침대에 앉아 있었다. 감옥이 아닌 방문자용 고급 숙소였다.

용광로의 위치를 실토한 지금 그에 대한 대우는 180도 달라져 있었다.

"부하들이 계속 치료해줄 거야. 반나절이면 몸은 태어났을 때처럼 멀쩡해질 거고. 필요한 게 있으면 하녀들을 불러."

말을 마친 시토라가 자리에서 일어섰다.

그때 마르티스가 무슨 생각이 났다는 듯한 얼굴로 고개를 치켜들었다.

"이보시오."

"뭐지?"

"용광로가 어떤 형태인지는 모른다고 나는 분명히 말했소."

"아까 얘기했잖아."

"그러니 설령 무슨 일이 벌어지더라도 그 부분에 대해서만큼은 내 책임이 아니라는 점을 확실히 해두고 싶다는 거요."

"알았다니까. 용광로 위치를 밝힌 것만으로 당신은 역할을 다한 거야. 이제 확인하는 일만 남았고. 거짓말을 한 게 아니라면 걱정 붙들어 매고 기다리고 있어."

"고맙소."

방을 나선 시토라는 곧바로 로이드의 방으로 향했다.

'흔들리는 회랑이라면 메시로스 산맥을 타고 가는 게 가장 빠르겠어. 4번 포자동굴을 거치면 금방이니까. 넉넉하게 잡아도 3분이면 도착하겠네.'

텔레포트 경로에 대해 생각이 끝난 무렵 방 앞에 도착했다.

시토라가 노크를 하기도 전에 그녀의 존재를 알아챈 로이드의 마법으로 알아서 문이 열렸다.

탁자를 사이에 두고 로이드와 드워프 장인 그라즈가 앉아 있었다.

"안녕하세요. 그라즈 님도 함께 계셨군요."

"아직 얘기중이니 잠깐 기다려."

시토라가 방구석의 의자로 가 앉았다.

로이드는 찻잔의 차가운 물을 한 모금 마신 다음 하고 있었던 이야기를 이어나갔다.

"…어쨌든 그런 이유로 설계를 부탁하는 거요. 그 정도 갑옷이라면 내 부하들도 별 무리 없이 착용할 수 있을 테니까."

"해보리다."

"당신의 손재주라면 충분히 만들어내고도 남을 겁니다."

로이드의 칭찬은 진심이었다.

이 위대한 드워프 장인은 타고난 기술 외에 새로운 기술을 습득하는 능력도 엄청났다.

자신이 속한 세계에 대한 이해도 깊어 로이드가 지구에서 가져오는 현대의 물품을 이곳에 걸맞도록 멋들어지게 융합시키곤 했다.

덕분에 로이드는 아직까지 그에게 한 번도 실망한 적이 없었다.

정작 그라즈는 로이드의 칭찬에 감흥이 없었다.

감흥이 있을 수가 없었다. 딸과 떨어져 어딘지도 제대로 모르는 마탑에 구금된 상황이니 뭔 말을 들어도 좋을 리가 없었다.

묵묵히 기계처럼 자신의 일만 계속하는 침울한 나날일 뿐이었다.

"그럼 이만 공방으로 가보리다."

그라즈가 도면을 돌돌 말아들고 일어섰다. 방문을 나서는 그의 등을 향해 로이드가 말했다.

"딸에 대해서는 걱정하지 마시오."

"뭐라고?"

그라즈가 로이드를 돌아보았다.

걱정에 사로잡힌 표정 속에 불안함과 반가움이 뒤엉켜 있었다.

"혹시 딸에게 무슨 짓을 한 거요? 일이라면 시키는 대로 열심히 하고 있잖소?"

로이드가 손을 들어 그라즈의 말을 가로막았다.

"성격이 급하신 건가. 아니면 날 지독히도 나쁜 놈으로 보시는 건가. 당신 딸은 아무 일 없소. 아무 탈 없이 살던 마을에서 잘 살고 있고."

"그러면 왜 갑자기 딸 얘기를……."

"집이 상당히 낡았더군. 마을 동문 안쪽에 붉은 지붕의 괜찮은 집이 비어있기에 그곳으로 이사를 시켰소. 그 이야기를 하려고 했던 거요."

그라즈는 멍한 얼굴이 되었다.

동문 안쪽의 붉은 지붕을 가진 집이라면 당연히 알고 있었다.

총 3층에 지하실까지 보유한 고가의 주택이었다.

대장간 일을 겸하기에도 최적이어서 그라즈의 딸은 종종 그 집으로 이사를 가고 싶다며 푸념을 하곤 했다.

"당신의 필체를 흉내 내서 편지도 한 장 썼소. 딸은 모두 당신이 한 일이라고 알고 있소. 1년 정도는 무리가 없을 만큼 금전적으로도 손을 써뒀으니 안심하시오."

"으음……."

"그리고 이제부터는 딸에게 편지를 쓰고 싶으면 쓰시오. 다만 검열은 이해해 주시고. 편지를 쓰면 내가 부하를 통해 딸에게 전해주도록 하지."

"왜 이렇게 잘해주는 거요?"

로이드는 희미하게 웃으며 자리에서 일어섰다.

"날 위해서요. 당신이 더욱 열심히 일할 수 있도록. 그럼 이만. 나중에 용광로 앞에서 다시 봅시다."

대화를 마친 로이드는 그라즈를 지나쳐 먼저 방을 나섰다. 그 뒤를 바짝 따르면서 시토라가 물었다.

"간밤에 잠은 푹 주무신 거죠?"

"왜 전투용 로브를 입고 있지?"

로이드가 질문에 대한 대답 대신 불쑥 물었다.

시토라의 얼굴에서 웃음기가 사라졌다.

점점 넓어지는 로이드의 보폭을 잰걸음으로 따르며 그녀는 간절한 어조로 말했다.

"죄송해요. 하지만 부탁드려요. 저도 같이 갈 수 있게 해주세요."

"너는 근신 중이야."

로이드는 돌아보지도 않고 딱딱하게 대꾸하고 있었다.

시토라는 포기하지 않고 로이드 앞으로 가 뒷걸음질을 하며 연거푸 간청했다.

"제발 부탁드려요. 따라갈 수 있도록 허락해 주세요. 2개월을 더 근신해도 좋아요. 네?"

"네가 와봤자 도움 될 것도 없어."

"최소한 방해는 안 할게요. 뭐라도 도움이 될 거예요."

로이드가 걸음을 멈추고 섰다.

굳은 표정이었지만 딱히 화가 난 기색은 아니어서 시토라는 물러서지 않고 용기를 내 버텼다.

"베르카스와 오베르토가 동행한다."

그 한마디에 시토라는 말문이 막혔다.

로이드가 말한 두 사람은 각각 최상급의 실력을 갖춘 전사이자 마법사였다.

더불어 로이드가 가장 신뢰하는 부하들이기도 했다.

"왜 이런 말을 하는지 알겠지?"

"로이드 님……."

"걱정할 것 없다."

로이드의 목소리가 평소보다 비교적 부드러웠다.

시토라는 물끄러미 로이드를 바라보다 고개를 살짝 숙였다.

끝내 그녀는 포기하고 텔레포트 경로가 적힌 종이를 로이드에게 건넸다.

"어떻게 가실 건가요?"

"메시로스 산맥. 그리고 4번 포자동굴."

시토라가 생각한 것과 똑같은 경로였다.

시토라는 로이드와 자신의 생각이 같다는 사실에 기분이 좋아져 슬며시 웃었다.

그 웃음은 중앙 계단을 앞둔 홀에서 엘리아와 맞닥뜨린 순간까지는 이어졌다.

"일어났구나."

로이드가 멈춰 서서 인사를 건넸다.

사실 표정은 태연했지만 속으로는 뜨끔해 하고 있었다.

물론 간밤의 일 때문이었다.

다행히 엘리아보다 먼저 일어나 방을 빠져나오긴 했어도 아직 마음에 걸리는 건 어쩔 수 없었다.

언제나 그랬듯이 엘리아의 반응은 냉담했다. 대꾸도 없이 아주 살짝 고개만 끄덕여 보일 뿐이었다.

"어디 다녀오는 길이니?"

"이런 감옥 안에 특별히 다녀올 곳이나 있겠어요? 망루에서 바람 좀 맞다가 오는 길이에요."

엘리아가 쌀쌀맞게 쏘아붙였다.

시토라는 그녀의 무례한 행동에 속이 부글부글 끓었다.
표정에 불편한 심기가 드러나려는 걸 애써 숨기고 있었지만 양 광대뼈가 꿈틀거리는 것만큼은 막을 수가 없었다.
"알았다. 그럼."
로이드는 엘리아를 지나쳐 계단을 내려갔다.
이번만큼은 여느 때와 달리 동생의 냉담한 태도가 반갑게 여겨지기까지 했다.
간밤에 오라버니가 방에 왔다간 사실을 모르는 것이다, 라고 로이드는 확신했다.
선착장에 도착하니 두 남자가 미리 대기하고 있었다.
갑옷을 입은 쪽은 전사 베르카스였고 로브 차림의 사내는 마법사 오베르토였다.
그들은 로이드에게 인사를 하고는 정박해 있는 작은 배에 올라탔다.
"다녀오지."
"부디 몸조심하세요."
"쓸데없는 소리."
로이드가 배에 오르자 오베르토가 두 팔을 치켜들었다.
마나의 힘으로 얻은 추진력에 의해 배가 안개 너머의 해안 쪽으로 나아가기 시작했다.
'드디어……'

로이드는 뱃머리에 팔짱을 꿰고 서서 감회에 젖은 눈길로 하늘을 바라보았다.

드디어 드로제의 용광로를 손에 넣을 날이 왔다.

이것만 손에 넣으면 신이 만든 금단의 그 마법을 발동시킬 수 있게 될 것이었다.

지금껏 적당한 대체재를 찾기 위해 얼마나 많이 헤맸고 또 시행착오를 거쳐 왔던가.

작은 배는 바위섬 둘을 좌우로 둔 해상에서 움직임을 멈췄다.

앉아 있던 베르카스는 무기와 방패를 챙겨 일어서고 있었다.

"영역에 들어왔습니다."

"좋아. 바로 가지."

오베르토가 두 팔을 드는 동시에 광범위 텔레포트 마법이 작은 배를 휘감았다.

한 차례 빛이 스쳐간 바다 위에서 작은 배는 순식간에 자취를 감췄다.

잿빛 회랑은 협곡 사이에 다리처럼 걸려 있었다.

실로 거대한 크기였다. 사람과 사람이 양 끝에 서 있으면 서로 보이지도 않을 것이다.

그토록 거대한 반원형의 잿빛 회랑이 비스듬히 허공에 걸려 있는 광경은 심히 위태로웠다.

까마득한 아래 유유히 흐르는 강물은 회랑이 드리우는 그림자 안에서 항시 검푸른 색을 띠고 있었다.

강은 오랜 세월을 흐르면서 바닥을 깎아냈고 협곡을 만들었다.

덕분에 본래 평지에 자리했을 이 회랑도 지금과 같은 아슬아슬한 자태를 연출하게 되었을 거라고 대륙의 사람들은 추측하고 있었다.

누가 어떤 목적으로 이 건축물을 만들었는지에 대해서는 알려진 바가 없었다.

긴 시간 동안 헤아릴 수 없는 수의 탐험가들이 탐사를 마쳤지만 별다른 단서를 찾아내지 못했다.

회랑 내에 띠처럼 길게 이어진 곡선의 복도는 어느 시점부터 개미굴처럼 여러 갈래로 뻗어 있었다.

하지만 어느 길로 걸어도 어느새 처음 그 자리.

흥미를 잃은 사람들은 회랑을 미개한 과거의 유물로 치부하며 방치하게 되었다.

협곡 위 회랑의 입구 근처에 로이드가 서 있었다. 그 역시 과거 이 회랑을 탐사했던 사람들 중 하나였다.

또한 이 회랑에서 특별히 찾아냈던 것은 없었다.

"들어가자."

로이드가 앞장을 섰고 베르카스와 오베르토가 뒤를 따라 회랑으로 들어섰다.

빛이 들지 않는 회랑은 몹시 어두웠다.

오베르토는 라이트 마법으로 빛의 구슬을 만들어 주위를 밝혔다.

"잠깐만."

복도의 첫 갈림길을 코앞에 두고 로이드가 멈춰 섰다. 그는 품속에서 시토라로부터 받은 텔레포트 경로를 꺼내 펼쳤다.

이미 모두 외우고 있었으면서도 확실히 확인하기 위해서.

"로이드 님, 왜 그러십니까?"

"쉿."

베르카스가 성격 급하게 질문하자 오베르토가 주의를 주었다.

로이드는 신중하게 경로를 확인하고 있었다.

우두커니 서서 그러기를 몇 분 후, 로이드는 쿡쿡 웃으며 중얼거렸다.

"저열한 눈속임이었다."

"무슨 말씀이신지?"

로이드는 영문을 모르는 두 부하에게 종이를 펼쳐 보였다.

"이 텔레포트 경로는 총 21개. 그중 8개만이 양방향성이고 나머지는 모두 단방향성이다. 양방향성 경로 8개 중 7개는 모두 회랑 밖의 전혀 관계가 없는 지역과 이어져 있지. 이돌둔 평야, 서부 해안, 망자의 고원……."

로이드는 종이를 도로 접어 품속에 갈무리한 뒤 말을 이었다.

"전부 쓸데없는 거야. 이 텔레포트 경로는 회랑이 가지고 있는 비밀통로를 숨기기 위한 고르게우스의 얄팍한 속임수다. 이걸 가르쳐준 마르티스도 거기까진 몰랐을 테지. 우린 놈의 개수작을 피해 단방향성 경로 13개의 방향을 그저 개미처럼 통과하면 되는 거야. 아마도 이 회랑의 비밀은 정해진 경로를 따라 오차 없이 걸어야만 풀리게 되어있는 것 같군."

"로이드 님은 역시 대단하십니다."

"이걸 봤다면 자네들도 충분히 예측할 수 있었을 거야. 1개 남은 마지막 양방향성 경로는 아마도 고르게우스가 안배한 함정일 테지. 가자."

로이드는 회랑의 복도로 자신감 넘치게 첫발을 내딛었다. 마르티스가 가르쳐준 루트를 따라가되 텔레포트는 타지 않았다. 구불구불 이어진 복도를 이리 꺾고 저리 꺾으며 걷는 내내 로이드는 서늘한 미소를 짓고 있었다. 3번 정도 같은 길을 반복해 통과할 즈음에는 더더욱.

"정지."

30분 남짓을 걸어온 끝에 맞닥뜨린 갈림길에서 로이드가 멈춰 섰다.

"왼쪽 복도가 아마도 함정일 거라 짐작되는 양방향성 경로. 오른쪽이 정상적인 도착지점이다. 베르카스, 오른쪽 확인을 부탁한다."

"네, 로이드 님."

"이걸 가져가라. 아마 필요할 거다."

로이드는 경로가 적힌 종이를 베르카스에게 건넸다. 베르카스는 그것을 받아 성큼성큼 오른쪽 갈림길로 들어섰다. 얼마 들어가지도 않아 베르카스의 몸뚱이는 검푸른 빛과 함께 사라졌다.

"역시 일반적인 텔레포트 마법이 아니군요."

"경로대로 따라온 자에게만 발현되는 회랑 고유의 힘이지."

"베르카스는 괜찮을까요?"

"아마도……. 뛰어오느라 다리는 좀 아프겠군."

"네?"

약 15분쯤 후.

초조하게 기다리고 있던 오베르토는 인기척을 느끼고 지나온 복도를 돌아보았다. 어둠 너머에서부터 베르카스가 헐레벌떡 뛰어오고 있는 것이 보였다.

"다녀왔습니다."

"애썼다. 안은 어떤가?"

"텅 빈 광장이었습니다. 천장과 벽이 석회암으로 이루어진 걸 보니 이 회랑의 일부는 아닌 것 같아요. 출구를 통해 나오니 다시 원점이었습니다."

"예상대로군. 드로제의 용광로는 함정에 있을 거다."

"그럼 왼쪽으로?"

"가야지. 독사과인 줄은 알지만 먹는 거야. 구급약은 제대로 챙겨뒀으니 걱정하지 마라. 가자."

로이드를 신뢰하는 만큼 그를 따르는 두 부하의 걸음도 거침이 없었다.

세 사람은 왼쪽 복도의 어둠 속으로 파고들었다.

베르카스가 그랬던 것처럼 검푸른 빛이 그들을 휘어 감고는 전혀 다른 장소로 이동시켰다.

"여기가 회랑의 중추부로군."

로이드가 원형 정원을 돌아보며 중얼거렸다.

총 4개의 문이 각 방위마다 달려 있었다.

그때 돌연 진동이 일었다.

뒤이어 정원 곳곳의 지면을 뚫고 크고 작은 돌덩이들이 솟구치기 시작했다.

"호오, 대공. 골렘을 사육하고 계셨나."

"저희에게 맡겨주십시오."

"베르카스, 넌 로이드 님 옆을 지켜라. 이제부터는 내가 좀 움직이도록 하지."

마법사 오베르토가 마나를 모으며 앞으로 나섰다. 투박하고 거친 거대한 골렘들은 오베르토를 적으로 인식하고 흙먼지를 일으키며 달려들었다. 오베르토는 10마리에 가까운 골렘들이 달려드는 위압감과 정면으로 마주하고도 전혀 위축되지 않았다.

쾅!

오베르토의 손이 번쩍이면서 응축된 마나가 폭발했다.

두 마리의 골렘이 한꺼번에 파괴되면서 파편을 흩뿌렸다.

곧이어 오베르토의 몸이 지면에서 한 뼘 가량 떠올랐다. 그는 유령처럼 움직이면서 골렘들의 틈바구니 속으로 파고들었다.

콰콰콰콰쾅!

오베르토의 뒤를 따라 마치 지뢰라도 심어놓은 것처럼 연쇄적인 마나 폭발이 일어났다. 폭발이 일어날 때마다 골렘들은 팔과 다리가 날아가고 몸통이 분리되면서 고꾸라지고 있었다.

"역시 오베르토로군."

전투를 구경하면서 로이드가 중얼거렸다.

"1서클 마법들만으로 골렘들을 가지고 놀고 있어. 내 기본기도 오베르토만큼 탄탄하진 못할 거다."

로이드의 말이 채 끝나기도 전에 전투가 끝났다.

흙먼지가 자욱하게 피어오른 정원은 골렘들의 잔해로 난장판이 되어 있었다.

오베르토가 로브의 먼지를 털며 돌아왔다.

"소란을 피웠습니다."

"재미있었다. 계속 가자. 문이 많으니 서둘러야겠어."

"오베르토, 나 스톤스킨 좀 걸어줘."

베르카스가 걸어가며 부탁했다.

오베르토는 멈추지 않고 손만 뻗어 마법을 걸어주었다.

베르카스의 살갗이 용암처럼 부글부글 끓더니 이내 단단한 바위처럼 변했다.

변신한 베르카스는 왼손의 한손도끼와 오른손의 장검을 뻗어 보였다.

"인챈트도. 파이어랑 아이스."

"귀찮게."

오베르토가 두 손을 들어 베르카스에게 내저었다.

붉고 푸른 2개의 마나 덩어리가 날아와 베르카스의 두 무기에 각각 깃들었다.

쿠우우웅!

베르카스가 대비한 가치는 충분히 있었다.

문을 통과할 때마다 나타나는 원형정원에는 어김없이 골렘들이 사육되고 있었다.

그 수는 정원을 거칠수록 눈에 띄게 불어나고 있었다.

쾅! 콰쾅!

오베르토와 베르카스는 보이는 모든 골렘들을 초토화시키며 전진 또 전진했다. 그들은 강했고 협공 또한 완벽했다.

골렘들에게는 덤빌 틈조차 제대로 없었다.

런 무지막지한 침입자를 맞이하는 건 이번이 처음일 것이다.

수백 마리의 골렘들이 제대로 힘을 발휘해 보지도 못하고 쓰러졌다.

그에 반해 고작 셋뿐인 로이드 일행은 털끝 하나 다치지 않고 목적지를 향해 나아가고 있었다.

몇 개째의 정원을 통과했을까. 로이드는 불현듯 강력한 마나를 감지하고 그 방향에 해당하는 문으로 시선을 돌렸다.

이제 거의 목적지에 다다른 것이다.

콰아아앙!

마지막 남은 골렘이 베르카스의 도끼에 맞고 둘로 쪼개지고 있었다.

베르카스는 골렘이 쓰러지기 전에 돌아서서 로이드를 따

라 문으로 향했다.

문 너머에는 지하로 이어지는 나선계단이 기다리고 있었다.

오베르토는 계단 밑에 도사리고 있는 텔레포트의 영역을 잠시 내려다보더니 심각한 표정으로 로이드를 돌아보았다.

로이드도 고개를 끄덕이며 입을 열었다.

"마나 제한 마법이 걸려 있군."

"위험합니다. 아무래도 저희가 먼저 확인하는 편이 좋을 것 같습니다."

"괜찮아. 같이 들어간다."

"하지만……."

"말했듯이 독사과를 대비한 구급약이라면 준비해 뒀다."

말을 마친 로이드는 말릴 틈도 주지 않고 성큼성큼 계단을 내려갔다. 두 부하도 걱정은 되었지만 어쩔 수 없이 로이드의 뒤를 따라 층계를 밟았다.

슈우우욱!

텔레포트를 통해 장소가 뒤바뀌었다. 그러나 볼 수 있는 건 없었다.

그곳은 오로지 끝없는 어둠 속. 세 사람은 닿는 옷깃의 감촉으로 서로 뭉쳐 있다는 걸 확인했다.

"기어이 여기까지 왔는가."

끝없는 어둠 속.

방향을 가늠할 수 없는 곳에서 한 남자의 탁한 목소리가 울리듯이 들려왔다.

오베르토는 혹시나 하는 마음에 라이트 마법을 시전했지만 실패했다.

베르카스에게 걸려 있던 스톤스킨과 인챈트 마법 또한 해제된 상태였다.

슈우우욱!

별안간 환한 빛이 사방을 밝혔다.

오베르토와 베르카스는 눈이 부셔 얼굴을 찌푸리며 주위를 돌아보았다.

어림잡아 7~8미터 정도의 폭을 가진 사각의 방이었다.

3면의 석벽에는 큼지막한 원형의 홈이 박혀 있었다.

"드로제의 용광로를 그렇게도 갖고 싶었나? 어리석은 놈. 몇 년만 얌전히 기다리고 있으면 충전을 끝낸 용광로가 대륙을 휘감는 광경을 편안히 구경할 수 있었을 텐데."

"네놈 실력으로는 몇 년이 아니라 몇 십 년이 지나도 충전 못해."

로이드가 어깨에 꼬인 망토를 풀며 대꾸했다.

모욕을 느낀 상대의 침묵이 방 전역에 낮게 내리깔렸다.

이내 그 침묵은 음험한 웃음소리로 변했다.

"7서클의 마나 제한 마법이 걸려 있다. 제아무리 날고 긴다는 네 녀석이라도 마나 제한 마법의 봉쇄를 거스를 순 없어. 허세부리지 마라, 로이드 모빅."

"허세를 부리는 건 당신이지. 겁쟁이의 표본이군. 모습은 드러내지 못하고 뒤에 숨어 뱀 같은 혀만 놀려대는 건. 과연 고르게우스 대공다워."

"이노옴……! 한낱 천민이 귀족을 무시하면 어떻게 되는지 알려주마! 헤페룬 공방이 자랑하는 기술력을 보여주겠다. 드로제의 용광로는 지옥에 가서나 구경하거라!"

키이이잉! 키이이잉! 키이이잉!

3면의 벽에 새겨진 원형의 홈에서부터 굉음이 일었다.

베르카스와 오베르토는 흠칫 몸을 떨었지만 로이드는 여전히 태연자약했다.

굉음이 거칠어지면서 홈은 강철의 포대를 불쑥 토해냈다.

포대는 준비운동을 하듯이 이리저리 돌다가 시커먼 포구를 로이드 일행에게로 맞췄다.

"헤페룬 식 마나 응축포다. 단 한 방으로 네놈들은 박살나는 거야. 절대로 피할 수 없을 걸? 크헤헤헤헤헤헤!"

로이드는 한껏 높아지는 비열한 웃음소리를 한 귀로 흘리며 베르카스에게 속삭이듯 물었다.

"베르카스, 석벽을 부술 수 있겠지?"

"가능합니다만 저 마나 응축포가……."

"그 부분은 걱정하지 마라. 놈의 무기로 놈의 숨통을 끊어 버리자."

펄럭!

로이드가 망토를 벗어던졌다. 그의 등 위로 15권의 마도서가 천천히 떠올랐다. 곧바로 상대의 당혹스런 목소리가 날아들었다.

"그, 그건 뭐지? 여긴 마나 제한 마법이 걸려 있는데?!"

"그러게 말이야. 고르게우스 대공. 이건 아마 당신이 머저리라는 의미가 아닐까."

"이 자식! 당장 죽여 버리겠다!"

펑! 퍼어엉! 퍼펑!

3개의 마나 응축포가 동시에 터졌다.

베르카스와 오베르토는 자기도 모르게 두 눈을 질끈 감았다.

로이드는 그 사이에 서서 홀로 웃고 있었다.

그의 등 뒤로 떠오른 15권의 책자가 빛과 함께 펼쳐지며 로이드 일행을 둘러쌌다.

대공 슬라빅의 마도서.

철벽의 서 전권이 빛을 발하는 순간이었다.

콰아아아아앙!

"아하하하하하하하하핫! 꼴좋게 됐군! 멍청한 로이드 놈!"

로이드 일행에게 마나포가 작렬하자마자 신랄한 웃음소리가 작은 방을 울렸다.

그러나 웃음도 잠시였다.

빛의 잔상이 사라지고 난 그 자리엔 로이드 일행이 멀쩡한 모습으로 서 있었으니까.

"이, 이게 어떻게……?! 무, 무슨 수로 마나 응축포를?!"

"뭐하고 있어, 베르카스. 빨리 벽을 부숴."

"네, 로이드 님."

베르카스가 도끼와 검을 뽑아 들고 벽 쪽으로 뛰어들었다.

몇 권의 철벽의 서가 호위하듯 그의 뒤를 따랐다.

베르카스는 곧바로 포대 근방의 석벽에 도끼를 꽂아 넣었다.

베르카스의 힘과 도끼의 위력이 석벽에 균열을 만들어냈다.

"이, 이 자식! 그만두지 못해!"

퍼어엉! 퍼어엉!

괴성과 함께 또 한차례 마나포가 발포되었다. 그러나 이미 허사라는 건 발포한 쪽도 느끼고 있었다.

철벽의 서 앞에서는 마나 응축포도, 마나 제한 마법도 전혀 힘을 발휘하지 못하는 것이었다.

콰아앙! 쾅!

베르카스는 부지런히 도끼질을 해댔다.

거미줄처럼 빠르게 균열이 번지면서 쪼개진 석벽이 무너지기 시작했다.

몇 번의 도끼질 끝에 베르카스는 두 손을 균열 틈으로 쑤셔 넣고는 포효하며 힘껏 끌어당겼다.

석벽이 와르르 무너지며 포대가 끌려나왔다.

무너진 벽 너머로 포대를 조종하고 있던 남자의 모습이 언뜻 보였다.

"쏴!"

로이드의 명령이 떨어졌다. 베르카스는 포대를 부여잡고 사방의 벽을 향해 발포했다. 벽이 무너져 내리면서 가려져서 보이지 않았던 그 너머의 풍경이 훤히 드러났다. 그곳은 옛 성전의 유적이었다. 로이드 일행이 갇혀 있던 사각의 방은 유적의 앞뜰이었다.

"이 일을 어떡하나. 졸렬한 마나 제한 마법이 풀렸군. 하긴, 네놈 영지의 실력으로는 이 정도 넓이에 마나 제한을 거는 것도 빠듯했겠지."

로이드가 성전으로 향하는 계단을 밟아 오르며 중얼거리듯 말했다.

성전 위에 서 있던 늙은 귀족, 고르게우스 대공은 부들부들 떨며 뒷걸음질을 치고 있었다.

"어딜 도망가려고."

"윽!"

로이드는 바로 손을 뻗어 홀드 마법을 걸었다.

고르게우스는 팔다리가 완전히 묶여 엉덩방아를 찧었다.

5서클의 마나를 가진 그가 홀드라는 이름의 하위급 마법에 걸려 속수무책이 된 것이다.

"이, 이 정도일 줄이야……!"

대마법사로 악명 높은 로이드라지만 이 정도일 줄은 몰랐다.

로이드의 손을 거친 홀드 마법의 위력은 고르게우스가 지금까지 겪은 그 어떤 마법보다도 강력한 것이었다.

"베르카스, 성전에 들어가서 용광로를 찾아라. 오베르토는 잔당이 있는지 확인하고. 한 명 정도만 생포하고 모두 죽여라."

"알겠습니다."

두 부하가 성전 안으로 들어서고 로이드는 충격과 공포로 부들부들 떠는 고르게우스에게 천천히 다가섰다.

"오, 오지 마!"

혹세무민을 일삼으며 하늘 무서운 줄 모르던 고르게우스는 평생 한 번도 흘려본 적이 없는 눈물을 줄줄 흘리기 시작했다.

비통해서가 아니라 무서워서였다.

악마처럼 웃으며 다가오는 로이드를 보는 것만으로 오줌을 쌀 것만 같았다.

이제부터 자신이 맞아야 할 지옥을 생각하자 혀를 깨물고 죽고 싶은 충동마저 일었다.

하지만 그럴 용기도 없는 고르게우스는 나잇값도 못하고 그저 울기만 할 뿐이었다.

제7장

황도십이류

이계
마왕성

연호제와 키스를 하게 될 줄이야.
입술과 입술이 맞닿은 채 채빈은 생각했다.
예쁘다고 생각하고 있었지만 그것뿐이었다.
마왕성의 동료로서 함께해 왔을 뿐이지 남녀 관계로 그녀에게 접근할 생각은 전혀 없었다.
아니, 키스까지 한 이제 와서 돌이켜 보면 그럴 생각이 아예 없지는 않았던 것도 같다.
혼란스러워하는 채빈에게 연호제는 두 팔을 벌리며 안겨 왔다.

채빈도 멋모르고 그녀를 껴안았다.

보기보다도 많이 작은 몸집과 좁은 등, 그리고 가느다란 목이 몹시도 부드럽다.

어떻게 이렇게 부드러울 수가 있을까.

그것은 맨살의 감촉이기 때문이었다.

연호제는 벗고 있었다. 새하얀 알몸이 눈이 부셔 차마 똑바로 쳐다보지도 못하고 있는데 오히려 연호제는 거부할 수 없는 향취를 발산하며 더욱이 달라붙고 있었다.

숨결이 뜨거워지고 숨이 가빠오기 시작했다.

채빈은 눈앞이 아찔해지면서 머릿속이 새하얗게 변해버렸다.

"억."

'시발, 꿈' 하는 소리가 하마터면 입 밖으로 튀어나올 뻔했다. 모로 누운 채 잠에서 깬 채빈은 코앞에 가로놓인 벽을 바라보며 길게 한숨을 뽑아냈다.

'나도 많이 의식하고 있었나.'

술자리에서의 풍경이 채빈의 머릿속에 그려졌다.

연호제는 재경의 가게에서 그렇게 채빈에게 입을 맞춘 뒤 서서히 몸을 무너뜨렸다.

채빈은 얼이 빠져 있었고 연호제는 그런 채빈의 허벅지 위에 얼굴을 묻은 채 곯아떨어졌다.

 술을 사러 갔던 세만과 재경은 그 직후 돌아왔다.

 연호제를 벽에 기대 재우고 채빈은 벌컥벌컥 마셨다.

 가슴 벅차서 술을 안 마시고 배길 수가 없었다.

 그렇게 이어진 폭음은 새벽녘까지 계속됐고 날이 밝아올 무렵이 되어서야 채빈은 연호제를 업고 집으로 돌아왔던 것이다.

 '기억하고 있겠지? 아무리 취했다고 해도 필름이 끊긴 정도까진 아니었던 것 같은데. 아씨, 얼굴 보고 뭐라고 먼저 말해야 하나.'

 채빈은 찌푸린 얼굴로 잠시 뒤척이다가 눈을 감고 반대 방향으로 돌아누웠다.

 그리고 3초 후.

 채빈은 다시 눈을 떴다.

 코끝이 닿을 듯 말 듯한 가까운 거리에 새근새근 잠든 연호제의 얼굴이 있었다.

 채빈은 튀어나오려는 거친 숨을 가까스로 참아냈다.

 이것은 꿈이 아니었다. 연호제가 현실 속에서 자기 앞에 누워 있었다.

 '이게 어떻게 된 거지?'

 채빈은 손가락 하나 움직이지 못하고 숨을 죽이며 생각했다. 기억을 곱씹어 보니 연호제를 집에 데려온 이후부터 생각나는 장면이 하나도 없었다.

"으음……."

'히익!'

연호제가 잠결에 신음을 하며 몸을 돌려 바로 누웠다.

그녀가 발에 걸린 이불을 차는 바람에 목까지 덮고 있던 이불이 아래로 쫙 밀려났다.

그렇게 드러난 믿겨지지 않는 풍경.

채빈은 목젖이 드러나도록 벌어진 제 입을 틀어막았다.

그리고 떨리는 손을 뻗어 극히 조심스럽고 신중하게 이불을 끌어올렸다.

'이, 이건 말이 안 되는데!'

무슨 일이 벌어진 것인지 도무지 이해되지 않았다.

같은 이부자리에 누워 잔 것만 해도 충격적인데 연호제는 꿈속에서처럼 완전히 알몸인 상태였다.

언뜻 봤지만 팬티도 입지 않았다.

어찌 되었든 채빈도 건강한 남자였다. 극도의 당혹감 속에서도 힘을 과시하기 시작한 자신의 정체성을 막을 도리가 없었다.

채빈은 눈을 감고 아름다운 강산의 풍경을 떠올리며 애국가를 속으로 불렀다.

4절까지 열심히 불렀지만 이미 커질 대로 커져버린 내부의 괴물을 물리칠 순 없었다.

추가로 선구자까지 불러봤지만 결과는 마찬가지였다. 위기였다.

딸랑.

'어?!'

어디선가 바람결에 섞여 날아드는 이 종소리는 분명 들은 적이 있었다.

채빈은 몸을 굴려 조용히 자리에서 빠져나왔다.

창가로 간 그는 바깥을 확인하자마자 다리가 풀썩 꺾였다.

재경이 자전거를 타고 이쪽으로 오고 있는 중이었다.

'미친, 이건 아직도 꿈이야!'

채빈은 침착하게 이성적으로 상황을 판단하려 애썼지만 이성적인 상황 판단은커녕 침착해질 틈조차 없었다.

그는 잠옷 그대로 신발을 신고 현관문을 살며시 열었다.

일단 튀어나가 재경부터 들어오지 못하도록 막고 보는 게 수였다.

층계를 급히 밟아 내려가니 재경은 벌써 도착해 자전거를 세우고 있었다. 채빈은 한달음에 달려가 말을 건넸다.

"이렇게 일찍 웬일이야, 누나?"

"일찍 웬일이라니. 벌써 3시야. 전화 좀 받지."

맙소사, 시간이 벌써 그렇게 됐나. 아직 아침나절이라고 생각하고 있었던 채빈은 순간 말문이 막혔다.

재경이 짐칸에서 봉투를 꺼내며 말했다.

"해장국 좀 끓여주려고 왔어. 너도 너지만 네 외국인 친구도 과음한 것 같아서. 닭도 좋아 보여서 한 마리 샀고."

"과음은 무슨. 멀쩡하기만 한데."

"얼른 들어가자. 금방 해줄게."

"누나, 잠깐만."

채빈이 식겁하여 재경을 붙잡아 돌려세웠다. 할 말이 떠오르지 않아 사방을 두리번거리는데 눈에 들어오는 건 재경의 자전거밖에 없었다.

"와, 누나. 자전거 좋은데."

"뜬금없이 뭔 소리래?"

"아냐, 진짜 좋아. 이제 보니 진짜 예쁘다."

"마트에서 산 자전거가 좋아봤자지."

"나 좀 태워주라. 한 바퀴만 태워줘."

"야, 힘들어서 안 돼. 내가 무슨 원더우먼이냐?"

재경이 집 쪽으로 돌아섰다. 채빈은 개구리처럼 앞으로 뛰어들어 재경을 가로막았다.

"왜 그래, 또?"

"그럼 내가 운전할 테니까 내 뒤에 타."

"난 이미 실컷 탔어. 그냥 혼자 한 바퀴 돌고 와."

"혼자 타면 무슨 재미야. 빨리. 어? 내가 얼마나 잘 타는지 보여줄게."

막다른 길에 몰린 채빈은 계속 고집을 부렸다.

재경은 콧등을 찌푸리며 채빈을 흘겨보더니 기어이 한숨을 뽑아내며 고개를 끄덕였다.

"알았어. 얼마나 잘 타나 보자."

"헤헤, 얼른 타."

채빈이 자전거에 올라타 뒷자리에 타라는 손짓을 해보였다.

그런데 재경은 자전거를 탄 채빈을 지나쳐 계단으로 발을 내딛으며 말했다.

"잠깐만 기다려. 이거 닭만 물에 담가놓고 내려올게. 피는 빼야지."

"누나!"

채빈이 자전거에서 뛰어내려 계단으로 가 길을 막았다.

비로소 재경은 심상치 않은 낌새를 느끼고 눈초리가 달라졌다.

"너 좀 많이 이상한데?"

"내가 뭐가?"

"왜 자꾸 고집을 부려? 자전거 그렇게 좋아했어?"

"어, 원래 조, 좋아했지."

"아무래도 수상해. 뭔가 숨겼니? 방에 뭐 내가 보면 안 되는 거라도 있어?"

"무, 무, 무슨 소리야. 그런 게 어디 있어."

"닭만 담가놓고 내려오겠다잖아."

채빈은 암담했다. 더 이상 뭐라고 막아야 할지 마땅한 말이 전혀 떠오르지 않았다. 재경은 채빈을 지나쳐 계단을 오르기 시작했다.

'어?'

문득 본 집의 창문에 커튼이 드리워져 있었다.

나오기 전에는 걷혀 있었으니 연호제가 일어나서 쳐놓은 게 분명했다.

제발 부탁이니 옷만 입고 있어다오. 채빈은 속으로 기도하며 계단을 올랐다.

'휴우!'

문간에 서서 집 안을 확인하고서야 채빈은 겨우 평정심을 되찾을 수 있었다.

연호제는 용케 어디서 찾았는지 채빈의 커다란 박스 티셔츠를 입고 있었다.

아랫도리를 못 입은 듯했지만 다행히 셔츠가 길어 허벅지의 절반까지는 가려주고 있었다.

"어제는 취해서 결례했습니다."

"결례는 무슨. 마시다 보면 다 그렇게 되는 거예요. 저도 많이 취했었어요. 조금만 기다려요. 국 끓일 테니까 우리 해장해요."

재경은 연호제의 말을 살갑게 받으며 식사를 준비했다.

재경이 흥얼거리는 콧노래 너머로 채빈과 연호제의 시선이 일순 마주쳤다. 그러자 연호제는 몸을 흠칫 떨더니 시선을 돌리고 딴전을 피웠다.

그걸로 채빈은 알 수 있었다.

망할, 다 기억하고 있구나.

코로 들어가는지 입으로 들어가는지 분간이 안 되는 식사가 대충 끝이 났다.

재경은 연호제를 붙잡고 요리에 대한 수다를 늘어놓고 있었다.

연호제의 부족한 한국어 실력 탓에 대화는 느렸지만 채빈이 보기에 그건 별 문제가 아닌 듯했다. 그가 보기에도 둘은 죽이 잘 맞았다.

눈을 반짝이며 대화에 응하고 있는 연호제의 모습은 가식이 아니었다.

"슬슬 가봐야겠다."

"벌써?"

"엄마 병원 가는 날이야. 호제 씨, 나중에 또 봐요."

자전거를 탄 재경의 뒷모습이 작아져 갔다.

번갯불에 콩 볶아 먹듯이 밥을 만들어 먹이고 떠나는 재경의 뒷모습을 보며 채빈은 새삼 경외감을 느꼈다.

좋은 사람이라는 걸 떠나서 정말 열심히 사는 사람이었다.

힘들었던 과거에도 그랬고 사정이 좋아진 지금에 이르러서도 재경은 여전했다.

"좋은 사람이야."

어느새 다가와 나란히 선 연호제가 말했다.

"좋은 사람이야. 좋은 사람은 그냥 보면 알아."

"맞아. 너도……."

채빈은 거기까지만 말하고 얼버무렸다. 또 연호제와 눈이 마주쳤기 때문이다.

약속이나 한 것처럼 둘은 같이 고개를 살짝 숙였다.

각자의 발끝만 내려다보고 있는 침묵 속에서 먼저 입을 뗀 건 연호제 쪽이었다.

"마왕성에 볼 일이 있다."

"아, 그래?"

"좀 다녀올게. 2시간 정도 걸릴 것 같다."

"아예 그러지 말고 내가 2시간 이후에 선하촌으로 갈게."

"그래줄 수 있겠어?"

"어차피 오늘 가기로 한 거였잖아."

"알았다. 아, 그럼 준비를… 해야겠군."

연호제가 평소엔 하지도 않던 혼잣말을 어색하게 늘어놓으며 돌아섰다.

채빈은 그 자리에 쪼그려 앉았다.

연호제가 준비를 끝내고 떠날 때까지 계속 쪼그려 앉아 바닥에 그림만 그리고 있었다.

연호제가 마왕성으로 먼저 떠나고 채빈은 혼자 남아 컴퓨터를 켰다.

기분전환을 하려고 음악을 틀었더니 시끄럽기만 해서 스피커를 껐다.

마음이 불편하기 짝이 없었다. 앞으로 연호제를 어떻게 대해야 할지 막막했다.

하루 사이에 만들어진 묘한 분위기를 이제 와서 지울 수는 없는 노릇이었다.

채빈은 지푸라기라도 잡는 심정으로 예전 소설을 쓸 때 종종 드나들던 익명의 커뮤니티 사이트에 접속했다.

키보드를 두드리는 그의 손가락은 평소와 다르게 유난히 오타를 내고 있었다.

제목 : 여자 문제로 고민이다.

20대 초반 남자사람인데 아는 여자가 있거든?

그냥 업무상 만난 여자고 계속 같이 일하고 있어. 근데 엊그제 술을 마시다가 여자가 완전 취했는지 갑자기 키스를 하는 거야.

그리고 잠들었고 난 술 좀 더 마시다가 여자 업고 집에 왔지.

그 다음엔 잘 기억이 안 나는데 오늘 눈 떠보니 같은 침대에서 나랑 자고 있더라고.

뭐 니들이 궁극적으로 꿈꾸는 그런 판타지까지는 가지 않았는데 문제는 옷을 제대로 안 입고 있었다는 거야. ——;

일단 깨기 전에 내가 먼저 일어났거든? 특별히 하는 말은 없는데 아무래도 느낌이 다 기억하고 있는 거 같다.

이거 어떻게 해야 되냐? 진짜 업무상 만난 여자고 이렇게 사이 불편하면 앞으로 같이 일하기 힘들 거 같다.

뭐 자연스럽게 관계 회복하는 방법 없겠냐?

다이브 : 매끈한 겨드랑이를 가진 여자겠죠? 분명해.

오빈쯔 : 닥치고 군대나 와라. 병신아.

AcroEditor : 열도의 흔한 야겜 스토리네여. 다음 병신.

란피스 : 피쓰는 어른들 얘기 어려워서 잘 몰라…….

소아네 : 리얼충들은 다 죽여야 한다.

유성 : 예쁨? 얼굴이 예뻐야 팬티 보는 맛도 있을 텐데.

달죠고구마 : 음란마귀시네. 일단 인증 좀.

Kim쓰렉 : 노관심;; 술 처마시고 여자를 왜 건드림?;; 너 같은 새끼들 때문에 세상이 이 모양인 거임;;

고소란 : 병신아. 여자가 먼저 키스했다잖아. 난독중이냐?

달죠고구마 : Kim쓰렉 레알ㅋㅋㅋㅋㅋㅋㅋㅋ

벽! : 김게이한테 왜 먹이 주는지 노 이해.

동까스떼 : 이따위 고민은 나처럼 2억짜리 벤츠 들이받으면 한 방에 해결됨.

외티 : 너 이 새끼 지금 우리 여왕님이 은메달 땄는데 이딴 고민할 때임?

판데프 : 여러분, 우울한데 저도 댓글 좀 주세요.

줄줄이 달리는 댓글엔 영양가가 하나도 없었다.

애당초 자기 문제를 인터넷의 생판 모르는 인간들에게 상담하려 했다는 것부터가 에러라는 생각이 들었다.

채빈은 컴퓨터를 꺼버리고 뒤로 벌러덩 드러누웠다.

채빈은 심란한 기분으로 시간을 흘려보내다가 연호제와 약속한 시간이 되어 외출할 채비를 서둘렀다.

벌컥.

옷을 갈아입고 신발을 신는데 돌연 문이 열렸다. 열린 문 앞에는 선하촌에서 만나기로 한 연호제가 서 있었다.

"어? 왜 다시 왔어?"

채빈이 의아스럽게 물었다. 연호제는 뛰어왔는지 숨이 가쁘고 양 뺨이 달아올라 있었다. 그녀는 주머니에서 무엇인가를 꺼내 채빈에게 내밀며 말했다.

"이걸 미리 주려고. 선하촌에 가면 보는 눈도 많고 틈이 없을 것 같아서."

"이게 뭔데? 어? 이, 이거?"

채빈은 연호제가 준 물건을 알아보고 깜짝 놀랐다. 이것은 마왕성의 던전을 공략하면 나오는 물품인 내공의 정수가 아닌가.

"2갑자짜리다."

연호제가 덧붙였다.

채빈은 입을 함지박만큼 벌리고 연호제를 뚫어져라 바라보았다.

지금 채빈의 공력은 1갑자 수준에 머물러 있었다.

갑자기 내공의 정수를 선물로 주는 것도 놀라운데 그것도 무려 2갑자라니.

"이거 어디서 났어?"

"당연히 던전 보상이지."

채빈은 연호제를 물끄러미 살피며 입맛을 다셨다. 탐이 나지 않는다면 거짓말이지만 도저히 받을 수가 없었다. 연호제 본인의 노력으로 던전을 돌파하고 얻어낸 보상을 날로 먹을 수는 없었다.

"고맙긴 한데 못 받겠어."

"받아. 이건 그대의 것이다."

"아니야, 진짜 마음만 받겠다고."

"그대가 공략한 던전에서 나온 보상이야. 그대의 것이니 부담스러워하지 말고 받아."

"내가 공략한 던전이라니? 내가 무슨 던전을 공략했는데?"

"혈화동."

"뭐?"

채빈은 연호제가 말장난을 하는 거라고 생각했지만 연호제는 진지한 어조로 말을 계속했다.

"그곳은 그대에게는 보통 지역이었지만 나에게는 던전이었다. 사실 지금 내 마왕성을 통해 혈화동에 다녀온 참이야."

"진짜로?"

이런 일이 있을 수가 있을까.

생각해 보면 서울대공원 동물원도 자신에게는 그저 공원이지만 연호제에게는 던전이었다.

충분히 가능성은 있는 일이었다.

어쨌든 기가 막힌 우연이라는 점 또한 분명하기에 채빈은 소스라치게 놀라고 있었다.

"혈화사는 죽었고 보상은 나와 있더군. 잡다한 것들을 제외하니 그대에게 선물할 만한 것이 이것뿐이라서……."

채빈은 어이가 없었다. 지금 연호제는 엄청난 선물을 건네주고 있는 주제에 말을 얼버무리며 미안해하고 있는 것이다.

"아무튼 그런 연유로 그대가 써줬으면 한다."

"하지만 연호제 너, 지금 새로 공력을 쌓을 수 있는지 여부도 확인해야 하잖아. 그게 일단 급한 거 아니야?"

연호제가 쓴웃음을 지으며 고개를 가로저었다.

"위험하다. 만약 지금 내 공력이 육체와 완전히 분리된 것이라 가정하면 2갑자 정수를 복용하는 일은 위험해. 기반이 없으니까. 10년 다음 1갑자, 1갑자 다음 2갑자, 이렇게 순차적으로 하지 않으면 몸이 견뎌내기 힘들다. 그리고 그대가……."

잠시 말을 멈춘 연호제는 신발들이 어지러이 흩어져 있는 현관 바닥으로 눈을 내리깔았다. 아까 잠에서 깨어나 채빈과 눈을 마주쳤을 때 부끄러워하던 그 기색이 그녀의 낯 위에 다시금 살아나고 있었다.

"한동안 쉬는 것도 좋을 거라고 나에게 말했잖아. 그러니까 당장 이런 걸 내가 복용할 필요는 없을 것 같고 또… 아무

튼 그런 것인데……."

연호제는 말을 잇지 못하고 두 손을 꼼지락거렸다.

이어갈 단어를 찾지 못하고 곤궁에 빠진 그녀를 가만히 내버려둘 수가 없어서 채빈은 환히 웃으며 대답했다.

"고마워. 잘 쓸게."

연호제가 고개를 홱 들고는 웃었다. 그러다가 또 순식간에 부끄러워져 고개를 옆으로 돌렸다.

소녀와 같은 연호제의 그런 모습이 채빈은 낯설면서도 정겨웠다.

연호제와의 사이에 대한 근심마저 빠른 속도로 해소되고 있었다.

"그대는 참 대단한 사내인 듯하다."

"어?"

"준비도 다 끝난 것 같은데 걸으면서 이야기할까?"

"아, 그래. 나가자."

두 사람은 집 앞의 큰길로 나섰다. 슬슬 하늘이 어두워지면서 밤의 색깔이 짙어지고 있었다. 자연스레 나란히 걸으면서 연호제는 하던 말을 이어갔다.

"혈화동 말이다."

"아, 그 얘기였어? 난 또……."

"나라면 그렇게 무작정 들어가지 못했을 것이다. 이렇게 태연자약하게 받아넘기는 그대의 도량 또한 감탄스럽다."

"계속 치켜세우지 마."

발길에 돌멩이가 차였다. 채빈은 공사현장 너머의 공터를 향해 돌멩이를 힘껏 걷어찼다.

포물선을 그리며 솟아오른 돌멩이는 최고점에 이르러 구름 저편으로 사라졌다.

"운이 좋았어. 눈에 보이는 게 없기도 했고."

"눈에 보이는 게 없다니?"

채빈은 잠시 망설이다 대답했다.

"네가 중독돼서 그렇게 혼수상태였는데… 진짜 잘못되면 어쩌지 싶어서. 아, 또 그런 진지한 표정 짓는다. 너 없으면 나 혼자서 이 모험을 어떻게 계속하나. 그런 이기적인 생각으로 도전한 거야. 결국 날 위해서 한 거야."

이제 채빈의 농담을 구분할 수 있게 된 연호제는 슬며시 웃고 말아버렸다.

노을이 깔리는 하늘 저편을 바라보면서 채빈은 덧붙였다.

"그리고 굳이 말하자면 도와준 사람이 있었어."

"도와준 사람?"

"어. 처음엔 괴물인 줄 알고 실수로 때렸는데……."

채빈은 혈화동에서 만난 여자에 대한 이야기를 줄줄이 늘어놓았다.

처음 대면한 순간 무심코 공격했던 데에서부터 혈화동의 구조와 혈화사의 습성에 대한 지식을 배우고, 나아가 협력해서 혈화사를 물리친 이야기까지.

이야기가 끝날 즈음 그들은 어느새 사거리까지 와 있었다.

"그리고 용혈과를 먹고 나니 그 사람도 치료가 됐는데 젊은 여자더라고. 깜짝 놀랐지, 나도. 아, 여기서 택시 잡자."

채빈이 도로변으로 나가 차들이 오는 쪽을 보고 비스듬히 섰다.

빈차를 향해 손을 흔드는 채빈에게 연호제가 물었다.

"그렇게 나와서 그대로 헤어진 건가?"

"그치. 난 네 생각에 마음도 급했고."

"통성명은 하지 않았어?"

"통성명? 했지. 이름이 황영이래."

택시를 잡는 일에 집중하고 있는 채빈은 연호제의 표정 변화를 눈치 채지 못하고 있었다.

"꼭 사례하겠다고 언제 한 번 찾아오라고 하던데. 뭐 굳이 찾아갈 필요가 있나 싶네."

"혹시 그 여자… 한쪽 눈이 없나?"

채빈이 택시를 잡다 말고 뜨악한 얼굴로 돌아보았다.

"어떻게 알았어?"

"정말인가?"

"어, 한쪽 눈이 없었어. 다친 건 아닌 것 같고, 오래전부터 그랬다던데?"

"동명이인은 아니군……."

"누군데? 아는 사람이야?"

채빈이 궁금함을 참지 못하고 채근했다.

연호제는 즉답을 피하고 골똘히 생각하는가 싶더니 채빈과 눈을 맞추며 다시 물었다.

"그 여자가 다시 찾아오라고 했다는 거지?"

"아까 말했잖아."

"어디로 오라고 했어?"

"어, 소봉호. 소봉호 북쪽에 풍정이라는 객점이 있다고 했어. 거기로 와서 주인한테 자기를 찾아왔다고 말하라더라."

이것으로 확실해졌다.

결코 같은 이름을 가진 여자가 아니었다.

연호제는 마음이 급해졌다. 이것은 채빈에게 엄청난 기연으로 이어질 가능성이 충분하고도 남을 사건이었다.

자신이 건네준 2갑자 내공의 정수와는 비교조차 되지 않는, 막강한.

"가자. 소봉호로."

"갑자기 왜? 너 진짜 아는 사람이야?"

마침 택시가 그들 앞에 와 멈췄다.

택시에 몸을 실은 연호제는 흥분한 기색이 역력한 눈빛으로 정면을 응시하며 나직이 말했다.

"황영은 황정(黃淨)의 손녀다."

"그 사람이 누군데?"

"천화지 대륙 전설의 고수지. 적어도 천화지 대륙에서 그의 위에 놓여있는 건 하늘뿐이야."

"그 정도야?"

채빈이 반신반의한 얼굴로 물었다.

전설의 고수라는 형언 자체가 어느 정도 수준을 뜻하는 것인지 실감이 나지 않았다.

그러자 연호제는 재미있다는 듯이 슬쩍 웃더니 알쏭달쏭한 말을 던졌다.

"그대도 그의 제자 아닌가."

"무슨 소리야? 만나본 적도 없는 사람인데……."

그러나 반문하는 채빈의 뇌리에도 한 가지 떠오르는 실마리가 있었다.

채빈은 머릿속으로 생각나는 단어들을 반복해서 곱씹었다. 황영, 황정, 황영, 황정… 황도십이류?

"서, 설마 진짜?"

부우웅!

순간적으로 뚫린 도로를 뚫고 택시가 달려 나갔다.

총알처럼 달리는 택시 안에서 이제는 채빈이 근심을 하기 시작했다.

그사이에 어디론가 떠나버렸으면 어떡하지?

"알아서들 잘 하고 있네요."

"그렇게 보이십니까."

신문을 펼친 채 심드렁하게 대답하는 남자는 채빈의 집사 드미트리였다. 그리고 마왕성의 하늘 전역은 거대한 젤마의 얼굴이 차지하고 있었다.

"다들 분발하고 있잖아요? 로이드 모빅은 드로제의 용광로를 얻었고, 이채빈도 이제 곧 강력한 무공을 손에 넣게 될 거고요. 성실하게 파워 업을 하는 모습들이 참 보기 좋아요."

하늘에서 젤마의 얼굴이 사라졌다. 어느새 그녀는 인간 여성의 형태로 드미트리의 옆에 앉아 있었다.

"아, 그것뿐만이 아니죠. 이채빈은 사랑도 얻었군요."

"그 사랑을 준 사람은 그만큼 뭔가를 잃었지요."

"어머, 전 꼭 그렇게 생각하진 않지만."

드미트리는 심기가 불편한 기색이었다. 신문도 같은 장을 펼친 지가 한참인데 넘어갈 기미를 보이지 않고 있었다.

젤마는 그런 그의 정곡을 찔렀다.

"연호제 때문에 화가 났군요."

"네?"

"복수를 해야 하는 사람이 복수를 하지 않고 있으니까 이해되지 않는 거죠? 그래서 화가 난 거예요."

"무슨 말씀을… 하하."

드미트리가 어이없다는 듯 웃었다. 그 즉각적인 웃음은 부자연스럽기 짝이 없어서 드미트리 본인도 웃은 걸 벌써 후회하고 있었다.

"저는 복수를 성공하는 길만이 행복한 결말이 되는 건 아니라고 생각해요. 길은 얼마든지 있잖아요? 예를 들면……."

"용서요?"

"그래요. 진부하지만."

"그건 변설일 뿐입니다. 무가치해요."

"그래서요? 당신은 그렇게 해서 행복했어요?"

드미트리가 평소의 냉정함을 잃은 얼굴로 신문을 내려놓았다. 그는 바로 곁의 젤마를 뚫어져라 바라본 끝에 단언하듯 말했다.

"네, 행복했습니다."

"정말로?"

"최소한 아무 것도 안 하고 끝내버리는 것보다는 낫지요. 저는 다시 돌아가더라도 그렇게 할 겁니다."

"으흠."

젤마는 더 이상 묻지 않았다. 이 정도로 단호해진 드미트리와는 객관적인 대화가 불가능하다는 사실을 잘 알고 있기에.

그녀는 자리에서 일어나 한껏 기지개를 켜며 화제를 돌렸다.

"하암, 어쨌든 이런 식으로라면 생각보다 빨리 결판이 나겠어요."

"아마도 그렇겠지요."

"드미트리, 배고파요."

"그러시겠지요. 오늘은 뭘 드시고 싶으십니까?"

"간만에 그거 먹어요. 그 꼬치요리 이름이 뭐였더라? 아쏘르티 이즈 샤슬리쉬코프?"

"어쩐 일로 러시아 요리를 찾으시죠?"

"아무려면 어때요. 빨리 가요. 어디가 좋겠어요?"

"블라디보스토크에 조용하고 맛있는 식당을 하나 알고 있습니다."

대화하던 도중에 두 사람의 모습이 사라졌다. 마왕성은 언제나 그랬듯 고요함 속으로 빠져들었다.

『이계마왕성』 9권에 계속…

화보부록

이계
마왕성

이제부터 전자책은

이젠북

www.ezenbook.co.kr

❧ 새로운 세계가 열린다! ❧

한백림 『천잠비룡포』　천중화 『그레이트 원』
좌백 『천마군림』　송진용 『몽검마도』
현대백수 『간웅』　김석진 『더블』
김정률 『아나크레온』　백연 『생사결-영정호우』
임준후 『켈베로스』　예가음 『신병이기』
진산 『화분, 용의 나라』　남운 『개방학사』

이름만 들어도 황홀할 정도의 별들의 향연!

이들의 "유료연재"가 시작됩니다!

검색창에 **이젠북** 을 쳐보세요! ▼ 🔍

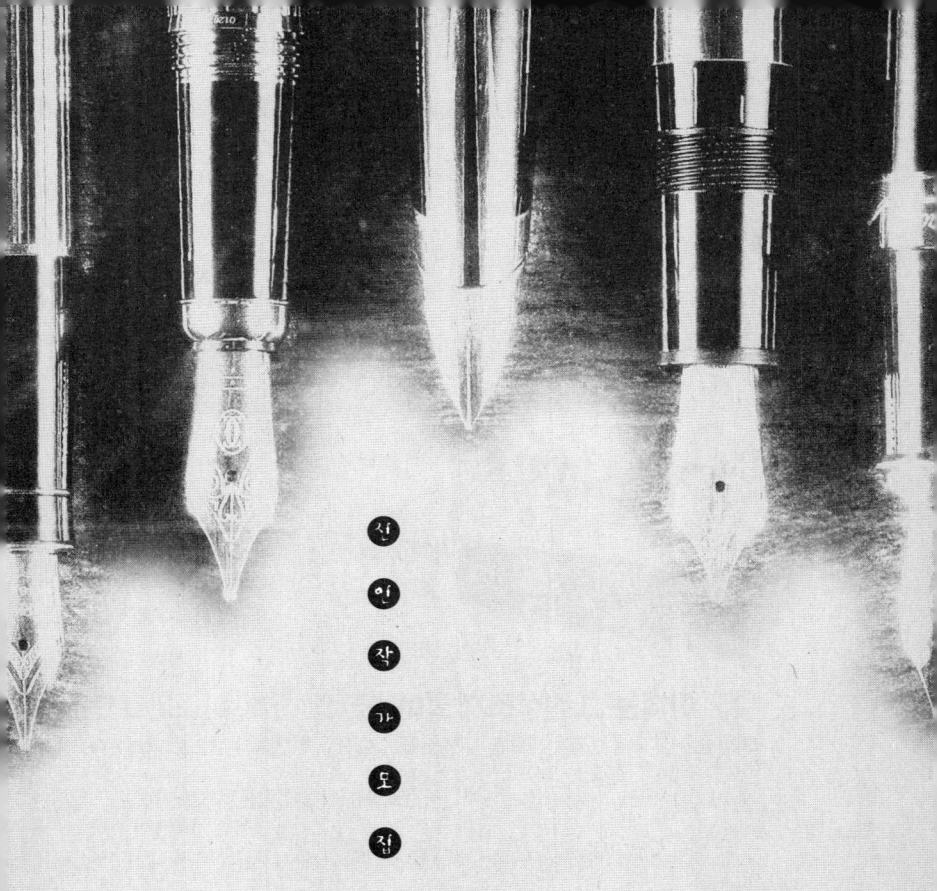

신
인
작
가
모
집

**시작이 반이라고 했습니다.
작가의 길에 대한 보이지 않는 벽을 과감히 깨뜨리십시오!
청어람은 작가 지망생 여러분들의
멋진 방향타가 되어드리겠습니다.**

저희 도서출판 청어람에서는
소설 신인 작가분들을 모집합니다.
판타지와 무협을 사랑하시는 분들의 많은 참여를 바랍니다.
소정의 원고(A4용지 150매)를 메일이나 우편으로 보내주시면
검토 후 출판 여부를 알려드리겠습니다.

주소:경기도 부천시 원미구 심곡2동 163-2 서경B/D 2F 우편번호 420-822
TEL:032-656-4452 · **FAX**:032-656-4453
http:// **www.chungeoram.com**
e-mail:chungeoram@chungeoram.com

Book Publishing CHUNGEORAM

가즈 나이트 R

이경영 판타지 장편 소설

이제는 그 전설조차 희미해진 옛 신계, 아스가르드.
그 멸망한 신계의 전사가 새로운 사명을 품고 다시금 인간들의 곁으로 내려온다.

렘런트라는 이름의 적들, 되살아나는 과거,
그리고 가치관의 차이.
그 모든 것들과 맞서 싸우려는 그녀 앞에 신은 단 한 사람의 전우를 내려준다.

그는 붉은 장발의, R의 이름을 가진 남자였다!

초대작「가즈 나이트」의 부활!
신의 전사들의 새로운 싸움이 지금 시작된다!

Book Publishing CHUNGEORAM 유행이 아닌 자유추구 - **WWW.chungeoram.com**

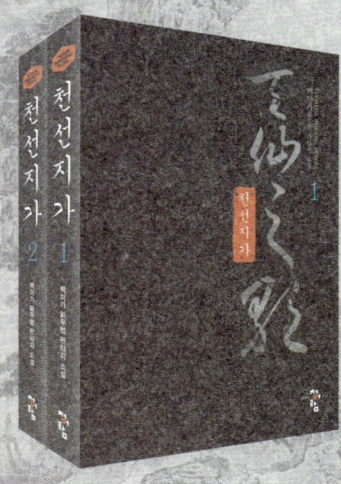

백미가 新무협 판타지 소설
FANTASTIC ORIENTAL HEROES

천선지가

불의의 사고로 죽은 청년 이강
그를 기다린 것은 무림이었다!

어느 날
그에게 찾아온 운명,
천선지사.

각인 능력과 이 시대에 알지 못한 지식으로
전생에서 이루지 못한 의원의 꿈을 이루다!

『천선지가』

하늘에 닿은 그의 행보가 시작된다!

Book Publishing CHUNGEORAM
WWW.chungeoram.com

FUSION FANTASTIC STORY
월문선 장편 소설

화려한 귀환

머나먼 이계의 끝에서
다시 돌아온 남자의 귀환기!

『화려한 귀환』

장점이라고는 없던 열등생으로 태어나,
학교에서 당하는 괴롭힘을 버티지 못하고
자살이라는 극단적인 선택을 하게 된 남자, 현성.

"돌아왔다……. 원래의 세계로!"

이계에서 죽음을 맞이하게 된 현성은
자신을 죽음으로 내몰았던 현실 세계로 돌아오게 된다!

고된 아픔들, 그리웠던 기억들,
모든 것을 되살리며 이제 다시 태어나리라!

좌절을 딛고 일어나 다시 돌아온
한 남자의 화려한 이야기!
이보다 더 『화려한 귀환』은 없다!

Book Publishing CHUNGEORAM

 유행이 아닌 자유추구 -
WWW.chungeoram.com

FANTASY FRONTIER SPIRIT

이휘 판타지 장편 소설

IAN REYONR

이안 레이너

끊어진 가문의 전성기.
무너진 영광을 다시 일으킨다!

『이안 레이너』

백인대장으로 발령받은 기사, 이안
부하의 배신으로 인해
낯선 땅에 침범하게 된다.

"살고 싶다… 반드시 산다!"

몬스터들이 우글거리는 척박한 환경에서
새로운 힘을 접하게 된다.

명맥이 끊겼던 가문의 영광!
다시 한 번 그 힘을 이어받아,
과거의 명예를 되찾으리라!

Book Publishing CHUNGEORAM

유행이 아닌 자유추구 -
WWW.chungeoram.com